冰顏

【貳】

滄月 著

Kadokawa Fantastic Novels DX

第十四章　千紙鶴

打發管家去領取新奴隸的丹書身契時，朱顏正百無聊賴地趴在軟榻上，拿著一塊蜜餞逗對面的小孩子。

「蘇摩，過來！給你吃糖！」

她手裡拿著一碟蜜餞糖塊，然而榻上的孩子壓根兒懶得看她，只是自顧自地靠在高背的椅子裡，用一種和年齡不符合的表情抬頭看著窗外的天空，眼神陰鬱、眉頭緊鎖，小小的臉上有一種生無可戀的表情。

「怎麼啦？」朱顏沒好氣，「你又不是鳥，還想飛出去啊？」

那個孩子不說話也不看她，只是看著天空。

「哎，別擺出這張臭臉行不行？我也不是關著你不放你走。」她嘆了口氣，摸了摸孩子的腦袋，好聲好氣地說道：「你年紀太小，身體又實在糟糕，現在放你出去只怕很快就死了。我得找個好大夫把你身上的病都看好了，才能放心讓你走，不然怎麼對得起你阿娘臨死的囑託？」

那個孩子還是出神地看著天空，不理睬她。

「哎，你這個小兔崽子！聽我說話了嗎？」朱顏頓時惱了，「啪」地拍了一下他的腦袋。「再這樣，小心我真的打個鐵圈套你脖子上！」

那個孩子的腦袋被拍得歪了一下，卻忽然伸出手指著天空，用清冷的聲音說了一個字：「鳥。」

朱顏愣了一下，順著孩子的手看了出去。

赤王府的行宮樓閣高聳，深院上空，只留下一方青碧色的晴空。在薄暮時分的晚霞裡，依稀看到一隻巨大的白鳥在高空盤旋，四隻朱紅色的眼睛在夕陽裡如同閃耀的寶石，看著底下的大地。

「四……四眼鳥？」她全身一震，失聲驚呼：「天啊！」

朱顏被刺了一下似地跳起來，反手「啪」一聲關上窗子，又「唰」一聲拉上簾子。這樣還不夠，她想了想，又奔過去關上門，並扯過一塊簾子，在上面飛快地畫了一個複雜的符咒。

蘇摩待在椅子上，看著她在房裡上竄下跳、團團亂轉，眼裡終於露出一絲好奇，忍不住開口：「妳……很怕那隻鳥？」

聽到這個細細的聲音，朱顏不由得愣了一下——這麼久了，還是這個小兔崽子第一次主動開口問她問題。

「才不是怕那隻鳥……」她畫好符咒，整個房間忽然亮了一亮，朱顏這才鬆了口氣。「那隻四眼鳥是我師父的御魂守……既然牠來了，我師父一定也來附近了！可不能被牠看到！」

「妳怕妳師父？」孩子不解地看著她，「妳做壞事了？」

「呃……」朱顏有些不好意思，訕訕道：「算是吧。」

「哦，這樣啊……」那個孩子看著她，眼裡忽然露出一絲譏誚，又道：「妳師父一定很厲害。」

朱顏白了孩子一眼。「那當然。」頓了頓，她頹然道：「他可厲害了……我見到他就頭皮發麻、腿發軟，連話都說不順溜，要是一個回答得不對便要挨打。哎，他上次不由分說按著我暴打了一頓，到現在屁股還疼呢。」

孩子看著她，不由得露出一絲笑意：「打屁股？」

「喂，誰都有挨揍的時候是不是？」朱顏哼了一聲，覺得沒面子，頓時又抖擻起來。「小兔崽子，不許笑話我！不然揍你！」

坐在高椅上的孩子轉開了頭，嘴角卻微微上彎。

朱顏關好門窗，將房間裡的燈燭全部點起，卻發現離晚飯還有一段時間，百無聊賴，便從櫃子裡翻出一個盒子。那是一個精美的漆雕八寶盒，裡面裝滿各種顏色的糖果，是葉城市場上的高價貨，顯然是這個賤民出身的孩子從沒見過的零嘴。

她拈了一顆裹著薄薄紅紙的蜂蜜杏仁糖，再度把盒子遞到孩子眼前，討好地問：「喏，吃一個？」

孩子想了一想，終於伸出細小的手指，從裡面拿起一顆蜜餞。

「神木郡產的康康果？原來你喜歡這個？」她笑咪咪地看著孩子捏起糖，卻有些擔心。「這個會不會太甜啊？你們鮫人是不是也會蛀牙？」

孩子看了她一眼，剝開外面的紙，將蜜餞咬下去，小口小口地品嘗，一口牙齒細小而潔白，如同沙灘上整齊排列的月光貝。

然而，孩子一口吃下了蜜餞後，只是看著手裡的糖紙——那是一張薄薄的銀紙，上面印著閃爍的星星和水波紋，甚是精美。那是北越郡產的雪光箋。孩子用小手把糖紙上的每一個皺褶都撫平，小心翼翼地拿在手裡。

「哦，原來你是喜歡這張糖紙啊？」朱顏在孩子面前看著，伸出手，將糖果盒裡所有的康康果蜜餞都挑出來，總共有七、八顆。她一顆一顆扒掉糖紙，一口倒進嘴裡飛快地吃下去，然後將一整把的糖紙都塞給了蘇摩，鼓著腮幫子嘟囔：「喏……都給你！」

那個孩子愕然看著她，忽地笑了起來。

「笑什麼？」她有點生氣了，鼓著腮幫子惡狠狠地道：「打你哦！」

「吃這麼多，妳是豬嗎？」她聽到那個孩子說：「會蛀牙啊……」

那孩子隔著糖果盒，歪著頭看她狼狽的樣子，忽然笑了。那個笑容璀璨而明亮，如同無數星辰在夜幕裡瞬間閃爍，看得人竟一時間什麼都忘記了。朱顏本來想發火，也在那樣的笑容裡平息了怒意，只是努力地將滿嘴的糖吞下去，果然覺得甜得發膩，便衝過去倒了一杯茶，一口氣喝了個杯底朝天。

然而，回過頭，她看到蘇摩將那些糖紙一張張地攤平，靠在椅背上，對著垂落下來的燈架舉起來，貼在了自己眼前。

「你在幹嘛？」她有些好奇地湊過去。

「看海。」蘇摩輕聲道，將薄薄的糖紙放在眼睛上。

這個房間裡輝煌的燈火，都透過那一層紙投入孩子湛碧色的瞳子裡。蘇摩看得如此專注，似乎瞬間去到了另一個奇妙的世界。

「看海？」朱顏好奇起來，忍不住也拿一張糖紙，依樣畫葫蘆地放在自己的眼睛上。

「看到了嗎？」蘇摩在一旁問。

「看到了看到了！」朱顏睜開眼，一瞬間驚喜地叫起來。「真的哎……簡直和大海一模一樣！好神奇！」

燈光透射過那層薄薄的銀色錫箔紙，暈染開了一片，一圈圈水波似的紋路在人的眼前幻化出一片夢幻似的波光，如同浩瀚無邊的大海，而海上，居然還有無數星辰隱約閃爍。

「是阿娘教我的。」孩子將糖紙放在眼睛上，對著光喃喃說：「我有一次問她大海是什麼樣子，她剝了一塊糖給我，說這樣就能看到大海。」

朱顏驀然動容，一時間說不出話來。

魚姬的一生，想來也和其他鮫人奴隸一樣飄零無助，帶著一個孩子，輾轉在一個又一個主人之間。她的最後十幾年是在西荒度過的，以悲劇告終。身為一個鮫人，在沙漠裡又怎能不嚮往大海呢？

而這個孩子，又有過怎樣孤獨寂寞的童年？

「你的父親呢？」她忍不住嘆了口氣，「他不管你嗎？」

蘇摩沉默許久，正當她以為這個孩子又不肯回答時，他開了口用細細的聲音說：「我沒有父親。」

「嗯？」朱顏愕然。

孩子的眼睛上覆蓋著糖紙，看不到眼神，低聲道：「阿娘說，她在滿月的時候，吞下一顆海底浮出來的明珠，就……就生下了我……」

「怎麼可能？她是騙你的吧？」朱顏忍不住失笑，然而話一出口就後悔了——魚姬紅顏薄命，一生輾轉於多個主人之間，或許連她自己都不知道這個孩子是和哪個男人生的吧？所以才編了個故事來騙這個孩子。

「胡說，阿娘不會騙我的！」蘇摩的聲音果然尖銳起來，帶著敵意。

「妳……妳不相信就算了！」

「我相信、我相信。」她倒吸一口氣，連忙安慰身邊的孩子，絞盡腦汁想把這個謊圓回來。「我聽師父說，中州上古有女人吞了個燕卵就懷孕了，甚至還有女人因為踏過地上巨人的足印就生了個孩子。所以你阿娘吞了海裡的明珠而生下你，大概也是真的。」

她急急忙忙解釋半天，表示對這個奇怪的理論深信不疑，蘇摩握緊的小拳頭才慢慢鬆開來，低聲道：「阿娘當然沒有騙我。」

「那麼說來，你沒有父親，也無家可歸了？」她凝視著眼前那一片變幻的光之海，嘆了口氣，抬起手將那個孩子摟在懷裡。「來。」

「嗯。」孩子彆扭地掙扎一下。

「蘇摩這個名字，是古天竺傳說中的月神呢……據說長得美貌絕世，還娶了二十幾個老婆，非常好命。」朱顏想起師父曾教導過她的天下各處神話典籍，笑道：「你阿娘給你取這個名字，一定是非常愛你。」

蘇摩哼了一聲：「那麼多老婆，有什麼好？」

「那你想要幾個？」她忍不住笑一聲，「一個就夠了嗎？」

孩子扭過頭去不說話，半晌才道：「一個都不要。女人麻煩死了。」

「哈哈哈……」朱顏忍不住笑起來，捏了捏他的小臉。「也是，等你長大了，估計比世上所有的女人都美貌，哪裡還看得上她們？」

蘇摩憤憤然地一把打開她的手：「別亂動！」

朱顏捏了好幾把才鬆開手。「等你身上的病治好了，你如果還想走，我就送你回大海去。」她揉了揉他水藍色的柔軟頭髮，輕聲在他耳邊道：「在這之前就不要再亂跑了，知道嗎？你這個小兔崽子，實在是很令人操心啊……」

蘇摩臉上被糖紙覆蓋著，看不出表情，許久才「嗯」了一聲道：「那妳也不許給我套上黃金打的項圈。」

朱顏啞然失笑：「你還當真了？開玩笑嚇你的呢。你這細小的脖子，怎麼受得了那麼重的純金項圈，還不壓垮了？」

蘇摩拿掉眼睛上的糖紙，銳利地看了她一眼，半信半疑地哼了一聲，臉色瞬間又陰沉下去。朱顏知道這孩子又生氣了，便從桌子上拿起一張糖紙，笑咪咪地道：「來，看我給你變個戲法好不好？」

蘇摩眼睫動了動，終於又看了過來。

她將那張薄薄的紙在桌子上鋪平，然後對角折了起來並壓平，手指輕快靈巧地翻飛著，很快就折出一個紙鶴的形狀來。

孩子冷哼了一聲：「我也會。」

「哦？」朱顏白了他一眼，「這個你也會嗎？」

她將那個紙鶴托起，放在嘴邊，輕輕吹了一口氣——那只紙鶴動了起來，舒展開了翅膀，在她掌心緩緩站起，撲簌簌地飛起來，繞著燈火開始旋轉。

「哇……」蘇摩看得呆住了，脫口驚呼。

那只紙鶴繞著燈轉一圈，又折返過來，從他的額頭上掠過，用翅膀碰了碰他長長的眼睫毛。

「哇！」蘇摩情不自禁地歡呼出聲，那張蒼白的小臉上充滿驚喜，湛碧色的雙瞳熠熠生輝，露出雀躍歡喜的光芒。那一刻，這個陰鬱的孩子看起來才真正像他應有的童稚年齡。

朱顏看他如此開心，便接二連三地將所有糖紙都折成紙鶴，一口接著一口吹氣。頓時，這個房間裡便有一群銀色的紙鶴繞著燈旋轉，如同一陣一陣的風，流光飛舞。

蘇摩伸出手去，讓一隻紙鶴停在指尖上，垂下長長的眼睫毛定定地看了片刻，忽然抬起頭，用一種屬於孩童的仰慕和欣喜看著她，顫聲開口：「妳……

妳好厲害啊！」

「那當然！」她心裡得意，「想不想學？」

那個孩子怔了一下：「妳……要收我當徒弟？」

「怎麼，你不願意？」她看著蘇摩，發現他的嘴角微微顫抖，表情頗為古怪便道：「你要是不願意拜師也沒關係。叫我一聲姊姊，我一樣教給你！」

蘇摩垂下頭，沉默了片刻，小小的肩膀忽然發起抖來。

「喂，怎麼了？怎麼了？」朱顏完全不能預料這個孩子的各種奇怪反應，連忙抱住他單薄的肩膀，連聲哄著：「不願意就算了！我又沒非要收你這個徒弟……哎，你哭什麼啊？」

孩子垂著頭，用力地咬住嘴角，身體微微顫抖，似乎在竭力壓制著某種洶湧而來的情緒。然而淚水還是接二連三地從長長的睫毛下滾落，無聲地滑過蒼白瘦小的臉頰，怎麼也止不住。

朱顏還是第一次看到這個倔得要死的孩子哭泣，心裡大驚。即便她天不怕地不怕，卻在這一刻束手無策，圍著這個孩子團團轉，連聲道：「怎麼啦？不學了還不成嗎？別哭啊……盛嬤嬤會以為我又打你呢！喂，別哭啊！」

她用力晃著他的肩膀。大概也是覺得不好意思，孩子用力握著拳頭，深深吸了一口氣，終於勉強忍住眼淚，身體卻還是在不停發著抖。當他攤開手的時候，掌心是四個鮮紅的深印子。

「好了好了，想哭就哭吧。」她不免有些心疼，嘆了口氣。「哎，你忍一忍，等我拿個盤子替你接著。鮫人的眼淚可以化為珍珠，你難得哭一次，可不能白白浪費了。」說完，她還真的拿了個描金盤子過來，放在孩子的脖子下。「好了，哭個夠吧！攢點珠子還可以賣錢呢。」

蘇摩抬起眼睛看著她，定了片刻，卻忽然噗哧笑了起來。

「咦？」朱顏實在是被這個孩子搞暈了。「怎麼了？」

蘇摩搖了搖頭，垂下頭去不說話。

「不哭就好。」她鬆了口氣嘀咕：「其實我最頭痛孩子哭了……」

「我從小就是一個人。」忽然間，她聽到孩子在沉默中輕聲道。

「嗯？」朱顏愣了一下。

「我打從生下來就在西市的籠子裡長大。」蘇摩輕聲道，聲音透出一股寒氣。「和小貓小狗一樣被關在鐵籠子裡，旁邊放一盆水、一盆飯。」

她的心往下沉了一沉，不知道怎麼回答。

「只是，直到那些小貓小狗都賣出去了……我卻一直都賣不出去。」孩子喃喃說著，垂下頭去。「我身上有畸形的病，脾氣也很壞。他們說，鮫人長得太慢了，得養到一百歲才能賣出好價錢，在那之前都是賠錢貨，貨主得等到下輩子才能賺到錢。有一次，他實在沒耐心了，差點想把我殺了，挖出一雙眼睛做凝碧珠。」

「你的阿娘呢？」她忍不住問：「她不護著你嗎？」

「她很好賣，早就被買走了，不在我身邊。」蘇摩搖了搖頭，輕聲道：「我在籠子裡一直被關到六十歲，阿娘才來西市找到我。那時候她已經跟了霍圖部的老王爺，很得寵，便把我贖出來。」

朱顏愣了一下：「咦？那麼說來，你豈不是有七十歲了？」

「七十二歲。」孩子認真地糾正她，「相當於你們人類的八歲。」

「真的？八歲？那麼大！」她滿懷驚訝地將這個孩子看了看，搖了搖頭說：「一點也不像……你看起來最多只有六歲好嗎？」

「我明明快八十歲了！」蘇摩不悅，憤然道。

相對十倍於人的漫長壽命，鮫人一族的心智發育顯然也比人慢了十倍。眼前這個活到古稀之年的孩子，雖然歷經波折、閱歷豐富，可說起話來還是和人世的孩子一般無二。

「好吧，八十歲就八十歲。」她妥協了，摸了摸孩子的腦袋嘀咕：「可憐見的，一定是從小吃得不好，所以看起來又瘦又小，跟隻貓似的。你以後跟著我，要天天喝牛乳吃羊肉，多長身體，知道嗎？」

「我不吃牛乳羊肉！」孩子卻扭過頭，憤然說道。

「呃，那鮫人吃什麼？魚？蝦？水草？」朱顏迷惑，摸著孩子柔軟的頭髮，豪氣萬丈地許諾：「反正不管你吃什麼，跟著姊姊我，以後你都不用擔心餓肚子了！管飽！」

蘇摩沒有說話，卻也沒有甩開她的手，就這樣靠在她懷裡，默默看著圍繞著燈火旋轉的銀色紙鶴，一貫蒼白冷漠、充滿戒備和憎恨表情的小臉放鬆下來，眼神裡竟然有了寧靜柔軟的光芒。

「我從小都是一個人。」孩子茫然呢喃，小小的手指扯著她的衣袖，微微發抖。「不知道朋友是什麼樣子……也不知道師徒是什麼樣子。」他頓了一下，很輕很輕地說：「我……我很怕和別人扯上關係。」
朱顏心裡猛然一震，竟隱約感到一種灼痛。
「如姨說，空桑人是不會真心對我們好的。你們養鮫人就像養小貓小狗一樣，開心的時候摸摸，一不合心便會扔掉，又怎麼會和我們當朋友呢？」孩子茫然看著燈光，嘴裡輕輕說了一句：「遲早有一天，妳還是會不要我的。」
「如姨是誰？」朱顏蹙眉，「別聽她胡說八道！」
「她是阿娘之外世上對我最好的人。」蘇摩輕聲道：「在西市的時候，我總是生病，一直是她在照顧我……直到後來她也被人買走為止。」
「那她說的也未必是金科玉律啊！」朱顏有些急了，想了想忽然道：「喂，跟你說個祕密吧。你知道嗎？我的意中人也是一個鮫人呢。」
那個孩子吃了一驚，轉頭看她：「真的？」
「是啊，真的。」她嘆了口氣，第一次從貼身的小衣裡將那個墜子扯出來，展示給孩子看。「你看，這就是他送我的。我真的很喜歡他啊……從小就喜歡。唉，可惜他卻不喜歡我……」
蘇摩看著那個缺了一角的玉環，眼神似乎亮了一下：「這是什麼？」

「他說是龍血古玉，很珍貴的東西。」朱顏回答。

孩子伸出小小的手指，小心翼翼地碰一下那個古玉。那一瞬間，表情有了微妙的變化，他忽然「啊」了一聲。

「怎麼了？」她吃了一驚，連忙問。

「不……不知道。」孩子身子一晃，「剛才背後忽然燙了一下，很疼。」

「不會吧？」朱顏連忙撩起孩子的衣衫看一下。「沒事啊！」

孩子定了定神，嘀咕道：「奇怪，又沒事了。」

「哎，這個東西還是不要亂碰比較好。」朱顏連忙將那個墜子貼身放好。「淵叮囑過我，讓我不要給別人看到呢。」她托著腮，看著燈下盤旋的紙鶴茫然道：「可惜他雖然送我這個墜子，卻不喜歡我……可能他心裡早就有喜歡的人了吧？你們鮫人，是不是心裡先有了喜歡的女子，才會變成男人？」

孩子揚起小臉，認真地想了一想。「我聽如姨說過，好像是的。」頓了頓，他又道：「可是我自己還沒變過，所以也不知道真不真。」

「哎，等你長大了，一定是個傾國傾城的大美人！」朱顏看著眼前這個俊秀無倫的孩子，忍不住笑一聲。「你想變成男的還是女的？你如果變成女人，估計會比傳說中的秋水歌姬更美吧？好期待呢……」

「我才不要變成女人！」蘇摩握緊拳頭，忽然抗議。

朱顏愣了一下問：「為什麼？你很不喜歡女人嗎？」

孩子搖搖頭，湛碧色的眼眸裡掠過一絲寒光，低聲道：「我……我不想變成阿娘那樣。」

朱顏心裡一沉，想起魚姬悲慘的一生，知道這個孩子的心裡只怕早已充滿陰影，暗自嘆了口氣，把話題帶了開去：「哎，變男變女，這又不是你自己能決定的。不過你還那麼小，等到變身的時候還得有好幾十年呢。我估計是沒法活著看到了……」

「不會的！」蘇摩忽然緊張起來，搖頭說：「妳……妳會活很得長，比我還要長！」

她忍不住噗哧一聲笑出來。這孩子看來不曾有過和人交流的經驗，偶爾說一句好聽的話，就顯得這樣彆彆扭扭。

「唉，總之，我不會不要你的。」朱顏嘆了口氣，用手指托起孩子小小的下頷，認真地看著他，許下諾言：「我會一直照顧你、保護你、留在你身邊。

直到有一天你自己想走為止——騙你是小狗！」

孩子抬起眼睛，審視似地看著她，眼睛裡全是猜疑和猶豫。

她伸出手指，對著他搖了搖：「打勾勾？」

孩子看了看她，輕輕哼了一聲，彆扭地別過頭不說話。然而過了片刻，他沉默地伸過手來，用小手指悄悄地勾住她的尾指。

那個小小的手指，如同一個小小的許諾。

「叫我姊姊吧。」朱顏心裡漾起一陣暖意，笑著說：「我一直都是一個人，一個弟弟妹妹都沒有，也好孤單的。」

「才不要。」蘇摩別過頭哼了一聲，「我七十二歲了！妳才十九歲。」

「小屁孩。」朱顏笑斥一聲，小心翼翼地將窗子推開一道縫，往外看了一看，鬆了一口氣。

「鳥飛走了？」孩子很敏銳。

「嗯。」朱顏一下子將窗戶大大推開，「終於走了！太好了！」

就在那一刻，窗外的風吹拂而入，室內圍繞著燈火盤旋的紙鶴忽然簌簌轉了方向，往窗戶外面展翅飛出去。

「哎呀！」孩子忍不住脫口驚呼，伸手想去捉。然而怎麼來得及？一陣風吹過，那些銀色的小精靈就這樣在他的指間隨風而逝。

蘇摩站在那裡，一隻手勾著她的手指，悵然若失。

「沒事沒事，回頭我再給你折幾個！或者，你跟我學會了這門術法，自己想折幾個都行。」她連忙安慰這個失落的孩子，牽起他的小手。「我們去吃晚飯吧。盛嬤嬤一定在催了！」她牽著蘇摩往外走，笑道：「明天帶你出去玩，好不好？」

「去哪裡玩？」孩子抬頭問，一雙眼睛亮晶晶的。

「葉城最大、最熱鬧的青樓，星海雲庭！」她笑咪咪地道，眼睛彎成月牙，興奮不已。「據說那是雲荒最奢華的地方，這麼多年我一直想去看看！」

「我不去。」然而孩子的表情驟然變了，用一種奇怪的眼神看著這個因為要逛青樓而眉開眼笑的女人，忽然甩開她的手，冷冷道：「要去妳自己去！」

「怎麼啦？」她看著這個瞬間又鬧了脾氣的孩子，連哄帶騙：「那兒據說美人如雲，人間天堂銷金窟，紙醉金迷，好吃好玩的一大堆，你不想去開開眼界嗎？」

「不想！」孩子只是冷冷看了她一眼，鬆開勾著她手指的手，自顧自地往前走，竟是再也不理睬她。

「不去就不去，誰還求你了？」朱顏皺眉頭，沒好氣地彈了一下孩子的後腦勺。「小小的人兒，別的不會，翻臉倒是和翻書一樣快！」

蘇摩忽地一把將她的手打開，狠狠瞪她一眼。他出手很重，而且眼神又彷彿變成一頭被關在籠子裡的小野獸：戒備、陰冷、猜疑，對一切都充滿敵意和不信任。

朱顏愣了一下，不知道哪兒又戳到他的痛處，只能悻悻。

白色的重明飛鳥輾轉天宇，在葉城上空盤旋了幾圈，最後翩然而落，在深院裡化為一隻鸚鵡大小的雪白鳥兒，重新停在神官的肩頭。

「重明，有找到嗎？」時影淡淡問：「那鮫人的老巢在哪兒？」

神鳥傲然地點了點頭，在他耳邊「咕嚕」了幾聲。

「居然去了那裡？」大神官微微蹙起眉，有些躊躇地低頭，看了看腳上一雙潔白的絲履，低聲道：「那麼骯髒的地方……」

神鳥聳了聳肩，四隻眼睛骨碌碌地轉，裡面居然有一絲譏笑的表情。

「還是去一趟吧。」時影垂下眼睛，「畢竟事關重大。」

然而，在他放下簾子即將離開時，忽然，似乎感覺到了什麼，在廊下猛然站住身回望——夜空清冷、圓月高懸，映照著滿城燈火，在風裡，似乎有流螢在轉動。但三月的天氣，又怎麼會有螢火呢？

時影袍袖一拂，轉瞬那幾點光被凌空捲過來，乖乖地停在他的手心裡。他低下頭看了一眼，忽地怔了一怔。

那是一隻紙鶴，用薄薄的糖紙折成，還散發著蜜餞的香氣。紙鶴是用九嶷的術法折成的，只是折得潦草，修邊不是很整齊，翅膀歪歪扭扭，脖子粗劣地側向一邊，如同瘸腿折翅的鶴兒，慘不忍睹。

他只看一眼，眼裡忽然浮現出一絲淡淡的笑意。那種笑意出現在這樣終年寂然如古井的臉上，不啻是石破天驚，令一旁的重明神鳥都驚訝得往後跳一下，抖了一下羽毛，發出「咕」的一聲。

「那個丫頭，果然也在葉城啊……」他輕聲道，捏起了那只紙鶴。「這種半吊子歪歪扭扭的紙鶴，除了她還能有誰？」

神鳥轉了轉四顆眼睛，也露出歡喜的表情，「咕嚕」了一聲，用爪子撓了撓時影的肩膀，似乎急不可待。然而神官只是搖了搖頭，不為所動。「急什麼？等明天把正事辦完了，我們再去找她吧。」

神鳥不滿地嘀咕一聲，垂下頭去。

「怎麼了？」時影看著這隻雪白的鳥兒，有點不解，「你不是很討厭那個老想著拔你尾巴毛的小丫頭嗎？」

重明神鳥骨碌碌地轉動著四顆朱紅色的眼睛，瞪了神官一眼，然後望著庭院上空的冷月，低低「咕」了一句——不知道它說的是什麼，時影眉梢一動，忽然一揚手，把它從肩膀上重重甩了下去。

神鳥猝不及防，一頭撞到欄杆上，狼狽不堪。

時影看著牠，冷冷道：「再胡說，剪光你的尾巴毛。」

大概是從來沒有聽過這樣嚴峻的語氣，重明神鳥哆嗦了一下，頹然垂下腦袋，一言不發地飛回黃金架子上，將腦袋縮在雙翅之間，默默嘀咕了一遍剛才的那句話——

「死要面子活受罪，看你能沉得住氣到幾時。」

第十五章　青樓花魁

第二天一大早，朱顏便迫不及待地起來梳洗，喬裝打扮成一個闊少，瞞了盛嬤嬤，準備偷偷去星海雲庭一飽眼福。管家知道郡主脾氣大，自己是怎麼也攔不住的，便乾脆順水推舟，陪在她的身邊一起出門。

兩人乘坐沒有赤王府徽章的馬車馳入群玉坊，身邊帶了十二個精幹的侍衛，個個都做了便服裝扮，低調謹慎，護衛在左右。

然而，一踏入星海雲庭，朱顏便知道為啥蘇摩昨天忽然發了脾氣，再也沒有和她說過一句話——這一家全雲荒最大的青樓果然奢華絕倫，金玉羅列，鶯歌燕舞，錦繡做幛，脂膏為燭，陳設之精美、裝飾之奢靡，極為驚人，即便是見過大世面的赤王郡主也不由得咋舌。

而玲瓏樓閣中，那些綽約如仙子的美人，卻全是鮫人！

個個美麗，風姿無雙，或是臨波照影，或是花下把盞，或是行走於長廊之下，或是斜靠於玉欄之上，三三兩兩、輕聲笑語，應是經過專人調教，煙視媚行，言談舉止無不銷魂蝕骨，讓人一望便沉迷其中。

這星海雲庭，難道專門做的就是鮫人的生意？

朱顏愕然不已，駐足細細看去，只見那些鮫人都是韶華鼎盛的年紀，大多是女子，間或也有男子或看不出性別的鮫人，無不面容極美、體態婀娜。

那些被珠玉裝飾起來的鮫人，均置身於一個極大的庭院中。庭院的四周全是七層高的樓閣，有長廊環繞。外來的客人們被帶來樓上，沿著長廊輾轉往復，反覆俯視著庭院裡的美人，一路行來，等到了第七層，若有看上的，便點給身邊跟隨的龜奴看。龜奴自會心領神會，一溜小跑下去將那個美人從庭院裡喚出，侍奉恩客。

星海雲庭作為雲荒頂級的青樓，價格自然昂貴非凡。恩客無論看上哪個，都得先付三十金銖才能見到一面。見了面，也不過是陪個酒、喝個茶、唱個曲兒，連手也摸不到。若要春宵一度，便要付高達上百金銖的夜合之資。

朱顏被龜奴引著，一層層地盤旋上去，從不同的角度看著下面庭院裡上百位美人，越看越奇，不由得詫異：「怎麼，你們這兒全是鮫人？」

「那當然，這兒可是星海雲庭呀。」引著她走進來的那個龜奴聽得此話，不由得笑起來。「既然叫這個名字，自然裡面全是鮫人。公子一定是第一次來葉城吧？」

「咳咳。」朱顏尷尬地摸了摸唇上的髭鬚，裝模作樣地點頭。「見笑了。」

為了這趟出來玩得盡興，她用術法暫時改變自己的模樣。此刻的她看上去是個二十出頭的翩翩闊少，油頭粉面、衣衫華貴，右手上好大一枚翡翠扳指，是她出發前從父王的房間裡臨時翻出來的，完事得馬上放回去。若是被父王知道她偷了他的行頭出來逛青樓，還不打斷她的腿。

「那公子來這裡就是來對了！」龜奴笑嘻嘻地誇耀：「來葉城不來星海雲庭，那就是白來了。這裡的鮫人都是整個雲荒一等一的絕色，即便是伽藍帝都的後宮裡也找不出更好的。」

「這麼厲害？」朱顏天性直率，一時好奇，忍不住較真地問：「那秋水歌姬這樣的鮫人，你們這裡也是有的了？」

「這個嘛……」龜奴一下子被她問住了，倒是有些尷尬。「秋水歌姬也只是傳說中的美人，論真實姿色，未必比得過我們這裡的如意！」

「是嗎？」她生性單純，倒是信以為真。「那麼，這個如意豈不是很倒楣？明明是可以入帝都得聖寵的姿色，居然淪落風塵？」

「嘿嘿……這倒也不算不好。」龜奴有些尷尬地笑一聲，連忙把話題轉開：「秋水歌姬雖然一時寵冠後宮，最後還不是下場極慘？被活活毒死，據說連眼睛都被挖掉了！哪裡比得上在我們這裡逍遙……」

「真的？」朱顏倒還是第一次聽說這事，不由得咋舌。「被誰毒死的？」

「那還有誰？白皇后唄！」龜奴說著深宮裡的往事，彷彿是在說隔壁街坊的八卦一樣熟悉。「北冕帝祭天歸來發現寵妃被殺，一怒之下差點廢了皇后，若不是六王齊齊阻攔……哎，當時天下轟動，公子不知道？」

「還真不知道。」朱顏搖頭。

十五年前她才三、四歲而已，又如何能得知？

眼看他們兩人跑題越來越遠，旁邊的管家咳嗽一聲，出來打了圓場：「我們公子是從中州來雲荒販貨，這次運了一車的瑤草，在東市都出手了，打算在葉城多盤桓幾日，好好玩樂一番再走。我們公子不差錢，只想見一見真正的絕色美人。」

管家這番話說得滴水不漏，頓時龜奴就笑逐顏開。一車的瑤草！這位公子莫非是慕容世家的人？那可是葉城數得著的大金主了。

「公子有沒有看上哪位美人？」龜奴立刻換一副表情，巴結道：「這院子裡的若是都看不上，我們還有更好的。」

「還有更好的？」朱顏看得眼花繚亂，不由得詫異。「在哪兒？」

「那是。」龜奴笑道：「這裡的鮫人都是給外面來的生客看的，不過是一般的貨色。真正的美人都藏在樓裡呢，哪能隨便拋頭露面？」

「說得也是，好玉在深山。」朱顏仔細看遍庭院裡的鮫人，全都是陌生面孔，不由得嘆了口氣。這裡雖是葉城鮫人最多的地方，但淵哪裡會在這種地方？來這裡打聽淵的下落，自己的如意算盤只怕是落空了吧。

然而既然來了，她的好奇心哪裡遏制得住，便道：「那好，你就帶我看看真正的絕色美人吧。」

她看了管家一眼，管家便扔了一個金銖給龜奴。

龜奴見了錢，喜笑顏開，壓低聲音說：「論絕世美人，星海雲庭裡的頭牌，自然是如意了！昨天晚上總督大人來這裡，就點名要她服侍呢。」

「總督大人？」朱顏吃了一驚，「白風麟嗎？」

「噓……」龜奴連忙示意她小聲，壓低聲音道：「總督大人是這裡的常客，但每次來都是穿著便服，不喜聲張。」

「哎。」朱顏冷笑一聲，「那傢伙看起來人模狗樣的，居然還是常客？」

管家心裡「咯噔」了一下，想起葉城總督頗有和赤王結親的意思，此刻卻被郡主得知他經常出入青樓，只怕這門婚事要黃了，連忙打岔問：「那個花魁如意，又要怎生得見？」

「主管星海雲庭的華洛夫人一早就去了兩市，想在拍賣會上買回幾個看中的鮫人雛兒。」龜奴笑道：「如意是這兒的頭牌，沒有夫人的吩咐她是不出來見客的。」

朱顏不免有些氣餒，嘀咕：「怎麼，架子還挺大的啊？」

龜奴賠笑：「如意長得美，又長袖善舞、左右逢源，連葉城總督都是她的座上客，在星海雲庭裡，就算是華洛夫人也對她客氣三分呢。」

「那我倒是更想見見了。」朱顏不由得好奇起來，「開個價吧！」

「這……」龜奴露出一副為難的表情。

管家老於世故，立刻不作聲地拿出一個錢袋放在龜奴的手心裡，沉甸甸得只怕有十幾枚金銖。龜奴接過來笑道：「公子隨我來。」

朱顏跟著他走了開去，一路上看著底下那個巨大的庭院。無數的鮫人行走在花蔭下，游弋在池水裡，滿目鶯鶯燕燕，美不勝收，簡直如同人間天堂。然而她在一旁看著，心裡覺得有些不舒服。

「居然都是鮫人？難怪那個小傢伙一聽我要來星海雲庭，立刻翻了臉。」她喃喃說著，轉頭問龜奴：「來你們這裡的客人，大都是什麼人？」

「大都是空桑的權貴富豪，也有一部分是中州來的富商。」龜奴笑著回答：「若要華洛夫人引為座上賓，除了一擲千金，還得是身分尊貴之人。」

朱顏忍不住冷笑一聲：「怎麼，逛青樓也得看血統？難怪總督大人成了這裡的座上客。他倒是名門望族。」

管家在一旁聽著，不由得皺眉，有點後悔沒有拚死攔住郡主來這裡。聽這語氣，郡主對白風麟的評價已經大為降低，就算他真的去和赤王提親，這門婚事多半也是要黃了。若赤王知道，不知道是喜是怒？

朱顏一路上看著那些鮫人，忍不住嘆了口氣：「這些鮫人真慘……」

七千年前星尊大帝揮師入海，囚了龍神，滅了海國，將大批鮫人俘虜帶回雲荒大地。從此後，這些原本生活在碧落海裡的一族就淪為空桑人的俘虜，世代為奴為娼，永世不得自由。

「成王敗寇，如此而已。」一旁的管家卻不以為意，「當初若是我們空桑人戰敗了，六部還不是都會淪為海國的奴隸？」

「胡說！」朱顏聽到這種說辭，頓時雙眉倒豎，忍不住大聲反駁：「鮫人連腿都沒有，要稱霸陸地幹什麼？就算是兩族仇怨，一時成敗，如今也都過去幾千年了，和現在這些鮫人又有什麼關係？」

管家沒料到郡主忽然聲色俱厲，連忙道：「是、是。」

龜奴卻是不以為然地在一旁笑道：「若是天下人個個都像公子這麼宅心仁厚，我們星海雲庭可真要關門大吉了……」

「關門倒也好。」她哼了一聲，「本來就是個作孽的地方。」

龜奴不敢反駁，只是唯唯諾諾地應著，一路將他們引到一個雅室包間。樓閣綿延，迴廊輾轉，不知道走了多少路。這裡和原來那個大庭院相隔頗遠，外面的喧鬧聲頓時聽不見了。

朱顏環視一下這個包間，發現居然布置得如同雪窟似的洗練，陳設比外面素雅許多。一案一几看似不起眼，卻是碧落海沉香木製成，端的是價值連城，堪與王宮相比。

淡極始知花更豔。這身價最高的青樓女子，原本是豔極了的牡丹，此刻反倒要裝成霜雪般高潔？

「花魁呢？」她有些耐不住性子，直截了當地問。

龜奴給她沏了一杯茶，笑道：「公子莫急啊，這才剛正午……花魁剛睡醒起來，大概正在梳妝呢。」

「這般嬌貴？」朱顏的脾氣一貫急躁，「還得等多久才能見客？」

「沒辦法，外面要見如意的客人太多，花魁應接不暇，便立了個規矩。除了華洛夫人安排的，她一天只見一個新客，攢點私房錢。」說到這裡，他壓低聲音豎起一根手指。「一千金銖，私下付給她，未經星海雲庭的帳面。」

「這麼貴？」朱顏吃了一驚，忍不住脫口而出：「那跟她睡上幾夜，豈不是都可以買個新的鮫人了？」

龜奴見她嫌貴，忍不住臉色微變，口裡卻笑道：「公子這麼說就有點外行了吧？如意是葉城的花魁，一等一的無雙美人，那些剛從屠龍戶手裡破了身、血肉模糊的雛兒怎麼比？公子若是嫌貴……」

「誰嫌貴？」朱顏愣了一下，連忙冷笑一聲。「但是總得讓人先看一眼吧？千金一笑，誰知道值不值那麼多？」

龜奴大概也見多了客人的這種反應，便笑了一聲道：「那是那是……公子說得有道理。這邊請。」

「怎麼？」朱顏被他領著，走到包間的一側。

龜奴將薄紙糊著的窗扇拉開，抬手道：「請看。」

朱顏往窗外一看，不由得愣了一下——外面的底下一層，居然也是一個庭院。很小，不過三丈見方，裡面只有純粹的一片白，彷彿剛下過雪。定睛看去，乃是細細密密的白沙在院子裡鋪了一地，並用竹帚輕輕掃出水波般蕩漾的紋路。

一片純白色裡，唯一的顏色是一樹紅。

那，竟然是一株高達六尺的紅珊瑚！

玲瓏剔透，枝杈橫斜，精美絕倫。這樣高的珊瑚，只怕得足足三百年才長得成，被船從萬丈深海裡打撈起來，周身上下居然沒有一點磕碰缺陷，品相十足，竟是連赤王府裡都不曾有。光這一樹紅珊瑚，便要價值十萬金銖。

而在珊瑚樹下、雪波之上，陳設著一座鋪了雪貂皮的美人靠，上面斜斜地倚著一個剛梳妝完畢的絕色麗人。那個麗人年方雙九，穿著一襲繡著淺色如意紋的白裙，水藍色的長髮逶迤，似乎將整個人都襯進一片碧海裡。

星海雲庭的花魁如意獨坐珊瑚樹下，遠遠地有四個侍女分坐庭院四角，或撫琴、或調笙、或沏茶、或燃香，個個容姿出眾，都是外面房間裡見不到的美人。然而，這四個美人一旦到了花魁面前，頓時都黯然失色，如米粒之珠遇到了日月。

似乎聽到這邊窗戶開啟的聲音，樹下的美人便微微轉過修長的頸子抬起頭，橫波流盼，似笑非笑地看向這邊的雅室包間。

被她那麼遙遙一望，朱顏的心忽地跳了一下。

那是什麼樣的眼神啊……眼波盈盈，一轉勾魂。自己雖然是女人，被這麼一看，心臟竟也漏跳了一拍，幾乎被牽引著怎麼也移不開視線。

那個傳說中的花魁，難道是會什麼媚術不成？
「公子覺得如何？」龜奴細心地看著她面上的表情，忍不住笑了一笑。
「值不值一千金銖？」
朱顏吸了一口氣，定了定心神說：「千金就千金！」
她這邊話音方落，管家便拿出一張一千金銖的最大面額銀票，遞到龜奴的手裡。「下去告訴如意接客吧。」
然而龜奴收了錢，只是轉過身從雅室裡取出一盞燈，從窗口斜斜伸出去，掛在了屋簷上，口裡笑道：「不必下樓，花魁看到這邊公子令人挑了燈出來，自然會上來見客。」
果然，看到那盞紗燈挑了出來，珊瑚樹下的花魁嫣然一笑，美目流盼地望向這邊的窗子，便扶著丫鬟的肩，款款站了起來。
可是如意剛起身，庭院對面的另一扇窗子忽地開了一線，也有一串燈籠無聲無息地伸出來，掛在對面的屋簷下。如意便站住了身，看向對面，嘴角的笑意忽地更加深了，並微微彎腰行禮，對那邊曼聲道：「多謝爺抬愛。」
「怎麼回事？」朱顏站在窗後，不由得詫異。

龜奴臉色有些尷尬，賠著笑臉道：「嘿，公子……看來今天不巧，對面也有一位爺想要點如意呢。」

「什麼？」朱顏不由得急了，「那也是我先掛的燈啊！」

「是。是公子先掛的燈。」龜奴生怕她又發起脾氣，連忙賠笑道：「但對面的那位爺，出了兩千金銖。」

「什麼？」她愕然往窗外看去，「報價在哪裡？」

「公子請看那邊的燈。」龜奴低聲下氣地伸出兩根指頭，指點給她看，「您看，對方掛出一串共兩盞燈籠，便是說要出雙倍價格的意思。公子，今兒真是不巧，不如明天再來？」

「雙倍有什麼了不起？」朱顏的怒火一下子上來了，從懷裡摸出一顆拇指頭大的東西，扔給一旁的龜奴。「這個夠我包她三天三夜了吧？」

那是一塊小玉石，直徑寸許，光華燦爛，一落入手掌便有淡淡的寒意，龜奴在星海雲庭多年，也算是見多識廣，一時間不由得脫口驚呼：「照夜璣？」

這個寶貝，至少值三千金銖。

「哎呀，公子出手果然大方！」龜奴臉上堆起笑，連忙拿著珠子走下樓去找人鑒定，又急急忙忙回來，推開窗戶在剛才的燈籠下掛上了兩盞燈。

如意剛要離開庭院，聽得這邊窗戶響，不由得站住身再度望了過來。一時間，花魁的臉上也有些微的錯愕，顯然沒想到今天會有兩位客人同時競價。

管家滿臉驚訝，忍不住低聲道：「郡……公子，你哪裡來的照夜璣？」

「這種東西我可多了。」朱顏笑了一聲，無不得意。「我當年跟著師父修行，上山下海，什麼奇珍異寶沒見過？取到一顆照夜璣又有啥稀奇？」

管家苦笑：「難為屬下還專門備了銀票出來，看來是用不上了。」

然而剛說到這裡，只聽對面一聲響，是那扇窗戶又推開一線。

「不會吧？」朱顏和管家都變了臉色，齊齊脫口。

只見那邊的窗戶裡果然又挑出了燈籠，整整齊齊一大串，也不知道究竟有幾盞，竟累累垂垂直接垂到了地上！

庭院裡傳出一片驚呼。龜奴也是愣住了，脫口而出：「萬金之主！」

星海雲庭雖是葉城最奢華的青樓，一擲萬金的豪客卻也是鳳毛麟角，一年難得見上幾次，此刻看見這一串長長的紅燈掛下來，他竟是忘了朱顏還在旁邊，喜不自禁地笑出聲來：「天啊！今兒竟然出了一個萬金之主！」

「怎麼了？」朱顏看不懂，急得抓住龜奴。「他到底出價多少？」

「小的去問問……」龜奴出去問了一圈回來，臉上也有不可思議之色。

「聽說對方拿出整整一袋子的辟水珠，至少有十幾顆！哎，可真是好久沒見到那麼豪爽的客人……如意今天可算是賺大了，哈哈……」然而剛笑一聲，他便知道不妥，又連忙點頭哈腰地賠笑：「公子，看來今天真不巧……要不您明兒再來？」

「誰要明天再來！」朱顏一時怒從心頭起，轉頭就抓住管家，厲聲道：「快，把錢都給我拿出來！」

管家看到郡主動了真怒，忙不迭地將懷裡所有銀票都拿出來。朱顏看也不看地劈手奪了，一把摔到龜奴懷裡說：「去，把燈全點起來！」

龜奴一捏這厚厚一疊的銀票，不由得愣住了。

「夠了不？」朱顏怒喝。

「夠……夠了！」龜奴點頭如搗蒜，卻面露為難之色。「可是按照規矩，出到了萬金，那就是封頂的價格，公子接著出再多的錢也是無用。」

「什麼？」朱顏不由得勃然大怒，咬牙切齒。「封什麼頂？我出的比他多，花魁就該是我的！快去替我點燈！不快點去，我就點了你的天燈！」

「規矩就是規矩，破不得的呀。」龜奴拿著那一疊銀票，左右為難。

朱顏越想越生氣，一拍桌子站了起來：「對面那個人是誰？有毛病嗎？怎麼會那麼巧，我出三千他就出一萬？莫不是你們暗自做了手腳，僱個托兒一路抬價，找個冤大頭宰了吧？」

「公子，您這麼說可真是冤枉啊！」龜奴推開窗，小心翼翼指著斜對面的窗子，壓低聲音道：「小的剛才派人打聽了一下，據說對面包間裡坐的是一位帝都來的貴客，年輕英俊，大有來頭，也是說了今天非見花魁不可！」

「帝都來的貴客？」朱顏愣了一下。

帝都來的客人，年輕英俊，大有來頭——聽說皇太子時雨頑劣，經常偷跑出伽藍帝都來葉城玩耍，喝酒賭博無所不為，莫非今天……

「是呀，應該是個大人物，氣派可不凡呢。」龜奴看到她動搖，連忙壓低聲音添油加醋：「萬一得罪了，只怕會有後患。何況花魁天天都在這裡，公子不如改天再……」

「誰要改天！」朱顏卻是怒了，也顧不得猜測對方是誰，忽然一跺腳，拉開門便朝著對面走過去。

「公子……公子！」龜奴大驚，連忙追上來。「您要去哪裡？使不得！」

「有什麼使不得！」她窩著一肚子火，頭也不回地往前走，嘴裡冷笑說：「我倒要去看看，是哪個傢伙狗膽包天，居然敢跟我搶！」

管家眼見不好，知道郡主火爆脾氣上來了誰也攔不住，心裡叫了一聲苦，便從袖子裡摸出一枝小小的袖箭，「唰」的一聲從窗口甩出去，召集從赤王府裡帶的便衣侍衛前來救場，又匆匆忙忙轉過頭追了上去。

真是要命……撞了什麼邪，這個姑奶奶今天不鬧個天翻地覆是不甘休啊！

這邊朱顏已經直闖過去，龜奴攔不住，一路追著，眼看她闖到離對面的包間雅座只有一道門的距離，不由得急得要命，失聲道：「公子，您真的不能過去了！前面有……」

「前面有什麼？」朱顏冷笑，腳步絲毫不停。

話音未落，前面黑影一動，不知從何處忽地躍下兩個穿著勁裝的彪形大漢，一左一右攔在朱顏的面前，手腕一翻，露出一把短刀。

「星海雲庭的保鏢？」朱顏一愣，冷笑了一聲，還是徑自往前闖去，竟是完全不把那些雪亮的利刃放在心上。
「給我站住！」那兩位打手見這個人不知死活地還要往裡闖，眼露凶光，頓時毫不客氣地揮刀砍了下來。
「公子！」龜奴和管家齊聲驚呼。
然而，那兩把刀快要砍到朱顏手臂上的時候，朱顏抬起手指，在虛空裡平平劃過，做了一個最簡單的動作，那兩個打手的動作忽然凝固，就這樣定定地僵在那裡，全身上下只有眼珠子骨碌碌地轉。
「哼。」她冷笑一聲，伸出手指頭戳了戳面前僵硬的人，只聽「撲通」兩聲，兩個壯漢應聲而倒，眼睜睜地看著朱顏穿過了他們的攔截，揚長而去。
對面那間雅室就在眼前，她怒氣沖沖地往裡衝，一腳就踢開最後一道門，大喝：「哪個不知好歹的王八蛋，居然敢跟我搶花魁？滾出——」
然而話音剛落，下一個瞬間，她聲音裡的氣勢忽然就弱下來了，脫口「啊」了一聲，似是見到極不可思議的事情。
那一聲後，就沒了聲音。
「怎麼了？」管家大吃一驚，再也顧不得什麼，一把甩開龜奴的手狂奔上前，衝入對面的房間。「怎麼了？出什麼事了？」

然而門一開，只見朱顏好好地站在那裡，只是臉上的表情甚是怪異，就像是活見鬼一樣，直直看著前方。

「郡……公子！你沒事吧？」管家急忙問。

朱顏一震，似是被這一喊緩過神，卻沒有回頭看他一眼，只舉起手擺了擺，又連忙將手指放到嘴邊，做一個噤聲的手勢。

那一刻，管家終於看到對面窗戶後的那位客人。

那個一擲萬金的恩客坐在那裡，背對著他們，沒有說話，背影看上去頗為年輕，不過二十許的樣子。雖然只是靜靜坐在那裡，卻像那龜奴說的那樣，氣度如同嶽峙淵渟、凜冽逼人。縱然被人破門闖入，對方也沒有回頭，只是捏著冰紋青瓷杯的手指動了一動，發出輕微的「呲啦」一聲裂響。

管家心裡一緊，連忙拉住朱顏，免得她一怒之下又要鬧出什麼禍來。然而那個怒氣沖沖的少女只是直直看著前面，張口結舌，嘴唇動了動，似是硬生生吞下一句驚呼。

「不好意思，驚擾閣下了！抱歉抱歉！」管家生怕對方發作，連忙賠禮道歉，然後一拉朱顏，低聲道：「姑奶奶，快走吧……算我求您了。」

這邊的朱顏彷彿回過神來，猛然往後退一步，也不作聲，只是用力一扯管家的衣袖，瞬間轉身，飛也似地逃出來。管家被她這種沒頭沒腦的做法搞糊塗了，緊跟著她也退出來。

兩人一路疾奔，一口氣退到外面的廊道上，看到裡面的人沒有轉過頭也沒有追出來，朱顏這才長長鬆一口氣，抬起手擦了擦額頭——剛才那一瞬，額頭上竟然出了那麼多汗！

「怎麼了？」管家納悶不已，「郡主，您沒事吧？」

「沒事沒事……快走吧！」她臉色有些發白，匆匆就往外走。

剛一回身，外面黑影一動，窗戶打開，一行人無聲無息地躍入，一見到管家，齊齊屈膝：「總管大人！」

「怎麼才來！」管家低斥：「都已經沒事了，走吧！」

他們又往回走幾步，碰上了急急趕來的龜奴。眼看一場亂子消弭於無形，龜奴也不禁鬆一口氣，追在後面賠著笑臉：「哎，公子這就走了？難得來一趟，星海雲庭那麼多美人，要不要再看看？」

朱顏三步併作兩步，從迴廊裡繞出來，一路壓根兒沒有理睬龜奴的喋喋不休，臉色陰晴不定，不知道在想著什麼。

忽然間，她又站住了身，猛然一跺腳。

「不，不行……他一定看到我了！」朱顏表情驚恐，似乎天塌下來一般喃喃道：「這回完了！怎麼辦？」

「怎麼了？」管家愕然不解，「出了什麼事情？」

朱顏沒有理睬他，在原地沒頭蒼蠅似地團團亂轉一會兒，忽地轉身，從懷裡拿出一疊銀票，拍到龜奴的手裡說：「拿著！」

龜奴吃了一驚問：「這……這是？」

「房裡那位公子的其他一切費用，都由我包了！」朱顏急急忙忙道，將所有銀票都扔過去。「他要什麼，你們就給他什麼！千萬要伺候周到，讓他盡興而歸，知道不知道？」

「啊？」管家和龜奴都驚呆住了。

不到片刻之前，她還那樣怒氣沖沖地闖進去，大家都以為星海雲庭很快又要因為爭奪花魁而上演一次全武行，怎知轉瞬情況急轉直下，她竟然如此低聲下氣地為情敵一擲千金，豪爽地買起單來？

「公子不是開玩笑吧？」龜奴捧著錢，一臉不可思議的表情。

「誰跟你開玩笑！」她咬著牙，低聲呵斥：「還不快去？」

「是……是！」龜奴得了錢，也顧不得什麼，連忙眉開眼笑地轉身，想要一溜煙跑開。花魁今晚歸誰倒是無所謂，既然有人想繼續撒錢，又怎麼能拒絕呢？

然而剛一回過身，便撞上一個人。

那個人也不知道是從哪裡冒出來的，無聲無息就站到身後。龜奴剛要驚訝地開口，對方的手指只是輕輕一抬，他就彷彿被定住身一般動彈不得，瞬間失去知覺。

「喂！你這是……」一旁的管家剛要開口詢問什麼，被那人用另一根手指遙遙一點，瞬間也被隔空定住。

朱顏看到來人，忍不住倒退一步，臉色倏地發白。

「怎麼，要替我付錢？」那個人看著她，開了口：「這麼大方？」

他的聲音冷淡，聽不出喜怒。然而一入耳，朱顏的腿頓時一軟，差點一個跟斗摔倒，訥訥道：「師父……果、果然是您！」

是的，剛才，當她衝入對面雅座的瞬間，掀起簾子，看到的竟然是自己的師父。九嶷山的大神官時影，居然在星海雲庭和她爭奪花魁。

如雷轟頂，她當時就驚呆了，幾乎不相信自己的眼睛。

記憶中，師父這樣清高寡欲的人，就像是絕頂上皚皚的白雪，彷彿摒棄了七情六欲，居然也會和那些庸俗男人一樣出入煙花場所？真是人不可貌相啊……還是世上男人都一個樣？

那時候，趁著師父還背對她，她硬生生地忍住驚呼，倒退著出了房間，想都不想地拔腿就跑。然而沒跑幾步，又立刻明白過來：以自己的修為，是絕無可能在師父眼皮底下溜走而不被察覺的。

所以，她便自作主張地替他買了單。

與其等著來日被師父教訓，不如趁機狠狠討好一番，說不定師父心情好了，便會當作沒這回事放過她。

然而，此刻看到時影的眼光冷冷掃過來，她頓時全身嚇出了一層冷汗。相處那麼多年，她自然知道那種眼神是他怒到極點才有的。這一次，只怕是馬屁拍到了馬腿上，絕對不只是挨打那麼簡單。

「剛才在和我競價的，居然是妳？」時影看著她，語氣喜怒莫測。「妳要見花魁做什麼？妳和她有什麼瓜葛，怎麼會跑到這裡來？」

「我……我不是有意的！我……我只是來這裡看熱鬧而已！」她嚇得結結巴巴，連話都說不順溜。「給……給我一百個膽子，也不敢搶師父您看中的女人啊……」

時影雙眉一蹙：「妳說什麼？」

那一刻，有更加明顯的怒意在他眼底凝聚，如同隱隱的閃電。

朱顏嚇得腿都軟了，在師父沉吟著沒有動怒之前，連忙說了一大堆，大意是表示她完全理解師父雖然是大神官，但也是一個大活人，易服私下來這裡會花魁無可厚非。九嶷神廟戒律嚴明，她絕對會為尊者諱，若敢透露一個字就遭天打雷劈。

她語無倫次地賭咒發誓，恨不得把最重的咒都用上，然而時影聽著聽著，臉色越來越不好，忽然出手，一把捏住她的下頷，厲喝：「給我閉嘴！」

朱顏喋喋不休的嘴終於停住了，嚇得猛然一哆嗦，差點咬到舌頭。

「妳在胡說些什麼？」他捏住她的下頷，皺著眉頭看她。

「真……真的！我什麼也沒看見！什麼也不知道！」朱顏被師父那麼一看，渾身顫慄，連忙又指了指旁邊兩個被定住身的人。「等一下我就用術法把他們兩人的記憶給消除掉，絕不會透露一絲風聲！誰、誰都不會知道您來青樓找過花魁——」

那一瞬，她覺得下巴一陣劇痛，忽然說不出話。

「閉嘴！」聽她嘮嘮叨叨說著，時影眼裡的怒意終於蔓延出來，低聲厲喝：「妳想到哪裡去了？我是來這裡辦正事的！」

「啊……啊？」她痛得說不出話，只能張大嘴巴，胡亂地點頭——師父剛才在盛怒之下控制不住力道，竟然把她的下頷給捏得脫臼了。

見鬼！來青樓、搶花魁，難道還能做別的？難道師父想說，自己是來和花魁吟詩作對、品茶賞月嗎？她好歹算是嫁過一個老公又守寡的女人了，怎麼還當她是個小孩子啊？

朱顏不敢說，也說不出話，痛得只能拚命點頭稱是。

然而她忘了師父有讀心術，這時候她即便不說話，這一頓腹誹顯然也能被他察知。時影眼裡的怒意瞬間加深，厲聲說道：「不要胡思亂想！完全沒有的事！妳給我——」

他揚起手，朱顏嚇得一哆嗦，閉上了眼睛。

可就在那一瞬，身後的窗外忽然傳來一聲響動。朱顏的眼角瞥過，只看到下面的庭院裡有一個鮫人匆匆進來，俯身在花魁耳邊說了一句什麼。花魁立刻站起來，看了一眼樓上的雅座包廂，臉上表情忽然間有些異樣。

「不好！」時影脫口，臉色瞬地一變。「她覺察了？」

他顧不上再說什麼，立刻放開朱顏，回頭向庭院一掠而下。

朱顏這才從窒息般的禁錮中解脫，長長鬆了口氣，揉著劇痛的肩膀，雙手吃力地托住脫臼的下巴，「喀嚓」一聲給歸位回去。她抬起手指，迅速給身邊的兩個人消除記憶，解了定身術，然後一把拉住管家往前就跑。

這一連串動作快得不可思議，好像有餓狼在後面追著一樣——是的，這一刻她只想跑，必須跑掉。要不然，她完全不知道留下來要怎樣面對師父。

她拉著管家奔跑，從小庭院一直跑到外面的大庭院，一路上飛奔過一間間雅室包廂。周圍都是盈耳的歡聲笑語，視野裡都是一對對恩客和妓女，到處流淌著曖昧和欲望……

赤王府的小郡主在這座銷金窟裡不顧一切地奔跑，想要從這樣骯髒黏膩的氛圍裡逃出來，大口呼吸外面清新的空氣。

她飛快地跑著。心跳加速，腦海裡卻是一片空白。

空白之中，漸漸有一些支離破碎的片段浮現，如同遙遠得幾乎埋藏在時光灰燼裡的畫卷，一張一張地無聲掠過。

帝王谷裡，那個孤獨的苦修者。

神鳥背上，埋首在她懷裡無聲哭泣的少年。

神殿深處，臉龐隱藏在香爐氤氳背後的少神官。

十年來，那張熟悉得不能再熟悉的臉依次浮現腦海，又漸漸模糊。然而，怎麼也無法和片刻之前她看到的景象重疊。

師父……師父居然來了這種地方？他……他怎麼會是這樣的人呢？還是這個世間的每一個人，永遠都有一千個面，她之前看到的只是其中一面而已？

朱顏頓住腳步，嘆了口氣，覺得心裡隱隱約約地疼痛，就像是有什麼寶貴的東西在猝不及防中砰然破碎，連搶救一下都來不及，只留下滿地碎片。

從小到大，她性格直率，是個爽朗乾脆的女孩，敢愛敢恨，拿得起放得下。然而，此刻心裡各種彆扭，似有什麼沉甸甸的東西壓在心頭。

唉……自己今天真是發了瘋，幹嘛非要來這種地方看熱鬧？如果不知道，如果沒看見，肯定沒有此刻的鬱悶和糾結吧？從今往後，要是再見面，她又要怎樣面對師父啊……

管家還沒有回過神來，已經被她拉扯著奔下一樓。

「郡主……這、這是怎麼回事？」顯然記憶中出現了一段空白，管家回過神來，有些納悶地停住腳步問：「剛才是怎麼了？您沒事吧？」

「算了，和你說你也不懂。」朱顏嘆了口氣，揮了揮手。「我們還是快走吧……哎，今天真是倒楣！早知道就不來這裡看熱鬧……看了不該看的東西，一定會長針眼。呸呸呸！」

她一邊碎碎念著，一邊沿著迴廊往下走去，步伐竟有幾分倉皇。管家不由得暗自奇怪：這個天不怕地不怕的郡主，看來竟是在飛也似地逃出門去。

難道，這裡有什麼她畏懼的人嗎？

第十六章　宛如夢幻

剛剛正午，星海雲庭卻已經熱鬧非凡，門庭若市、冠帶如雲，到處都是一片鶯聲燕語、珠圍翠繞。朱顏一心急著要跑，腳步飛快，目不斜視地穿過那些鶯鶯燕燕。

「快走快走……」她火燒屁股一樣往外疾走，扯著管家的袖子，一路上撞了好幾個人，三步併作兩步地穿過大堂，也不打算從正門口繞遠走出去，便直接往側門奔去。

然而剛要走出側門，她猛地站住腳步，脫口「啊」了一聲。

這裡是側門的另一邊，是星海雲庭的雜務後院。

正午裡人很少，院子裡晾曬著美人們的衣衫、手帕、抹胸，黛綠鵝黃，煙羅錦繡，在日光下如雲蒸霞蔚，香氣馥郁，美不勝收。然而，那些雲霞的背後，有一個影子一晃而過，疏淡如煙。

那個一掠而過的影子如同烙鐵一樣刺痛她的眼睛。朱顏臉色瞬間刷白，身子微微一晃，幾乎不相信自己的眼睛，脫口道：「淵！」

「郡主，怎麼了？」管家看到她這樣一驚一乍的表情，不由得又問一句。然而朱顏一把將他推開，拔腿便飛奔過去。

「淵！」她失聲呼喚：「是你嗎？」

她飛奔向前，衝進後院。眼前撲來的一件件衣衫被她隨手拂開，到處都是衣架被撞倒的聲音。她奔得急，幾乎不顧一切，然而，等衝到了院子深處，只是一轉眼的工夫，那裡已是空無一人。

「淵……淵！」她站在那裡大聲呼喚，在那個空蕩蕩的小天井裡轉來轉去，直急得要哭出來。「我知道你在這裡！」

是的！剛才那一瞬間，她看到的明明是淵的側臉！

那是她朝思暮想的人，就算只是驚鴻一瞥，也絕對不會認錯！

「郡主？」管家追了上來，不由得問：「您怎麼啦？」

她沒時間回答，只是站在原處急急閉上眼睛，雙手結印，從五蘊六識裡釋放出靈能，去尋找關於那個人的氣息——那是定影術，可以在意念內感知到一個時辰之內周圍存在過的一切。

片刻後，她倏地睜開眼，忽地抬起手指點在了某一處：「在這裡！」

那是這個小小天井裡唯一一個沒有掛著衣衫的竹架子。紫竹做成的，一頭撐在地上，另一頭則搭在牆上。剛才被她橫七豎八地那麼一撞，其他所有衣架子都滑落在地，只有這個竹架子居然還巋然不動。

朱顏輕輕扣住那一根竹竿，往下一壓，只聽一聲悶響，眼前的地面忽然下陷，出現了一個黑黝黝的入口。管家在一旁看得驚呆了，沒想到這個星海雲庭的後院裡，居然還有這樣精巧的機關。

「郡主，快走吧。」管家心知不對，連忙拉住她。

然而，朱顏不肯走，看著那個不知通往何處的入口，大聲喊：「淵！給我出來！你不出來，我就來找你了！」

話音未落，她縱身一躍，便毫不猶豫地跳了下去。

「郡主！」管家失聲驚呼，伸出手想去拉住她，然而朱顏袖子一揮，一股疾風捲來，瞬間把管家推回去。只是一個眨眼，她的身影消失在黑洞洞的地底下，地面重新合攏，恢復如初。

管家站在一地狼藉的妖紅慘綠裡，不由得驚怒交加。這個星海雲庭到底是什麼地方，居然還設有機關密室？郡主掉進這個陷阱，萬一有什麼閃失，他砍下腦袋也不能和王爺交代。

管家轉身往外飛奔，急著去叫人進來。

那個祕密入口下面沒有台階，只有一個直墜下去的洞穴。踏入的一瞬間，朱顏「唰」地直摔下去，落到一個祕密空間裡。

當踩到地面的瞬間，她立刻釋放出一個咒術托住身體，又迅速在周身建立一道防護的屏障，然後百忙之中還雙手結印，將自己的身形隱藏起來。

這一番連用三個咒術，只用了一彈指的時間，堪稱行雲流水。如果師父看到了，應該會誇讚一聲「有進步」吧？

然而剛想到這個念頭，她就猛然打了個冷顫。

得了，這番她撞破師父的好事，他發了那麼大的火，幾乎是以前從未見過……不知道師父給的那一卷手札上有沒有銅皮鐵骨或金鐘罩的功夫，如果有的話，看來倒是要好好修練一下。

她一邊沮喪地嘀咕著，一邊警惕地打量一下周圍。

眼前是一條長長的通道，連著兩側的一個個房間，如同曲折的迷宮，一眼看不到盡頭。每一扇門上都寫著奇怪的標記，不是空桑文字，她認不出來。耳邊隱約有水流的聲音，環繞而過，這個地宮裡似乎有地下水。

朱顏不由得咋舌，這個地下迷宮的規模如此龐大，竟然不比星海雲庭的地上部分遜色，到底是做什麼的？是開黑店？還是在搞邪術？對了，或許這裡是對貴賓特別設置的一些各有「特色」的包廂？

這些房間裡，到底又是些什麼？

然而她剛好奇地將手搭上房門，探頭探腦地想要推開來看看，身後忽然有腳步聲。她一驚，急忙往後閃躲，只聽風聲過耳，只差了一寸的距離，便要和兩名黑衣人迎面相撞。

好險！她暗自吸一口氣，而那兩個人渾然不知面前就站著一個隱身的人，從通道另一頭疾步而來，和她擦肩而過，匆匆走向剛才她掉落的地方，細細巡視一圈，皺起了眉頭。

「奇怪，暗門是關著的，一路上也沒見人闖入。」有一個人道：「可是明明聽到入口機關被觸發，有什麼掉下來。」

另一個人道：「你去地上看一下有什麼異常。」

「好，我上去問問如意。」那個人道：「你分頭告知大家，加強警戒。今日左權使在這裡，大意不得。」

「是。」另一個人迅速退去。

朱顏聽到兩個人的對話，心裡不免暗自焦急，心知只要對方一上地面，自己剛才在後院的事情便會被查出。時間已經不多，得趕快找到淵的下落！她再也顧不得什麼，往裡面直闖過去。

這條地下通道曲曲折折，她用定影術追蹤，飛快地奔過一個又一個房間，追尋著淵的痕跡。一路上她發現這裡守衛森嚴，每個拐角都站著黑衣人，看裝扮竟然和剛才樓上遭遇的幾個打手不是同一撥，更加精幹剽悍，身手也更好。而且奇怪的是，那些人居然全部都是鮫人。

用鮫人當侍衛？這個星海雲庭，到底是有多神祕？朱顏雖然好奇卻沒時間多看，定影術持續的時間非常短暫，她必須在地面上的人被驚動之前找到要找的人。

她循著淵留下的氣息，飛快往前奔跑，如同一條小獵犬飛馳在草原上，追捕著獵物。毫不猶豫地轉過幾個彎後，朱顏深深吸一口氣，心頭「突突」直跳，走過去——淵的氣息從地面上延伸而來，最後終止在這裡。

然而，面前並沒有門。

她追溯著之前的幻影，摸索到一旁的樓梯扶手，屈起手指敲了一下。那個扶手上本來雕刻著蓮花，在那一擊之下，那朵合攏的蓮花盛開了，打開的木雕花瓣內，居然有一個純金的蓮心。

朱顏扭下那個純金蓮心，按到牆壁上一個凹陷處。奇蹟般地，蓮心每一顆蓮子的凹凸都和斑駁的牆壁嚴密合縫。剎那間，無聲無息地，牆上浮出一道暗門。

她驚喜萬分，「唰」地推開門，解除自己的隱身術大喊：「淵！」推開門的那一刻，她看到門中有一個青灰色的背影，再也忍不住內心的激動，脫口喊道：「淵！」一邊喊著，她一邊抬起手飛快地在自己臉上一抹，頓時將偽裝的面容抹去，露出原本的明麗容顏。

「我是阿顏！」她對著房間裡喊道：「我來找你了！」

然而，看到她的出現，房間裡的那個人驚得手一抖，猛然回過身來，錚然一聲響，有什麼掉落在地。

同一瞬間，朱顏也往後退一步，失聲道：「怎……怎麼是你！」

——密室裡這個她千辛萬苦才追到的人，哪裡是淵？花白的頭髮、鬆弛的皮膚、昏花的腫泡眼、枯槁卻靈活的雙手……這，分明是那個好色貪杯、年紀一大把還喜歡出入青樓的老屠龍戶，申屠大夫！

申屠大夫也震驚地看著她，老眼睜得如銅鈴大，似乎不敢相信這麼祕密的地方居然會被人闖入，臉色一陣青一陣白，驚疑不定。

兩人乍然見面，都是如遇雷擊，朱顏不敢相信自己的眼睛，過了半天才訥訥問出一句話：「你……你怎麼會在這裡？淵呢？淵去哪裡了？」

「我為什麼不能在這裡？」申屠大夫首先鎮定下來，上下打量她一番，忽然間臉色一變。「我認得妳！妳不是那個豬……豬什麼郡主嗎？妳來這裡做什麼？」

朱顏一下子被問住了，訕訕地說不出話，只能用反問來繞過這個問題：「你又來幹嘛？你能來，我為什麼就不能來？」

「我？我當然是來逛青樓會美人啊！難道妳也是？」申屠大夫打量她尷尬的表情，一拍大腿，露出了然的神色大笑。「哈哈……不會吧？我知道空桑那些四、五十歲如狼似虎的貴婦喜歡來這裡找樂子，沒想到郡主妳年紀輕輕，竟然也……哈哈哈！」

「呸！」她一時臉皮都有點發燙，啐了一聲。「胡說八道什麼！」

「沒事兒，這在帝都和葉城都是半公開的祕密，有啥了不起的？」申屠大夫竟是一臉引為知己的神色，朝著她走過來，笑呵呵地道：「星海雲庭裡養的那些英俊男鮫人，本來就不是全為了好男風的老爺們準備的。」

「閉嘴！」朱顏臉色飛紅，恨不得將這個老色鬼的嘴巴縫上。她不想理睬他，轉頭在房間裡四處看了看，卻沒有看到其他人，不由得有些糊塗。這是怎麼回事？淵明明到了這裡、進入這個房間，怎麼人卻不見了？

她圈起手指，剛要再用定影術，卻被人拉住了。

「哎，既然郡主都來了，不如幫我付了這裡的錢吧。」申屠大夫涎著臉，拉住她的袖子，笑呵呵地道：「赤王府不是答應過，以後這一個月我在青樓的所有費用你們都包了嗎？貴人說話可不能言而無信啊。」

朱顏一摸口袋，才想起剛才那些金銖她全數給了龜奴，現在身上哪裡還有錢，只能沒好氣地甩開他的手。「回頭再給你吧。」

「哎，那怎麼行呢？多少給一點嘛。」申屠大夫卻還是糾纏不休，竟然開始大膽地扯著她的衣袖，換上一副無賴嘴臉。

「下次給你！」朱顏懊惱起來，「快放手！」

然而，那個好色的無賴怎麼也不肯就這樣放走金主。糾纏之間，朱顏忽然覺得腿上微微一痛，如同被蚊子驟然咬了一口。怎麼回事？她吃了一驚，低頭看去，申屠大夫的手裡有寒光一閃——

那是一根長長的針，瞬間隱沒。

怎……怎麼回事？她愣了一下。申屠大夫看著她，渾濁的老眼裡嬉笑之色盡去，忽然露出一絲冰冷的光，嘆了一口氣：「赤王府的小郡主，妳真不該闖到這裡來的。」

那一刻，朱顏心知不對勁，猛然往後退一步，一翻手腕，玉骨瞬間便化成一把利劍。

「你想做什麼？」她厲喝，一劍刺去。「竟敢暗算我！你這個老色鬼，我宰了你！」

申屠大夫看到她忽然拔劍，不由得脫口「啊」了一聲，顯然沒有料到一個錦衣玉食的千金小姐居然還有這種殺人的本事，一時間來不及躲閃，只聽「唰」的一聲，利劍便壓上咽喉。

「住手！」就在那一刻，一面牆壁忽然無聲無息地移開了。有一個人從內壁裡隱藏的密室走出來，厲聲喝止她：「阿顏，住手！」

那個人披著一件長衣，水藍色的長髮上還滴著水，氣色並不好，捂著右肋，動作似乎有些不方便。雖然看上去有些病弱無力，容貌卻俊美無倫，柔美沉靜，如同夜空裡的一輪靜月。

那一刻，朱顏呆住了，半晌才失聲歡呼：「淵？原來你在這裡！」

申屠大夫卻變了臉色，同時失聲：「你……你怎麼出來了？我剛給你用了藥，現在必須要躺下休息！」

「淵！」朱顏再也顧不得什麼，猛地衝過去。「我終於找到你了！」

這回淵沒有躲閃，任憑她抱住他，唇角浮現一絲苦笑。

「淵！」朱顏終於抓住他，激動得全身發抖。是的，那是淵！是她朝思暮想、一直尋覓的淵！經過兩年多的時間，她終於又找到他！

淵也有些感慨地看著她，嘆息道：「好久不見，妳又長大了許多。」

他的語氣是微涼的，帶著一絲傷感和些微的歡喜，和記憶中那個永遠溫柔的聲音有些不一樣。

「你……你為什麼在這裡？」朱顏在狂喜之中看著他，忽然想到一個問題——淵怎麼會在這個地方？又怎麼會和申屠大夫這種人在一起？這裡是青樓的密室，難道他是來……她飛快地想著，一顆心直往下墜，如墜冰窟。

淵的嘴角動了一動，停頓片刻只道：「說來話長。」

看到他這樣欲語還休的表情，朱顏心裡更是一沉，忍不住問：「難道……你也和樓上那些鮫人一樣，是被賣到這裡來的嗎？」

他看著她，微微皺眉問：「妳說什麼？」

「唉，別怕……沒事的。」她心裡一片混亂，卻撐著一口氣，不肯露出慌亂的神色，慨然道：「放心，我有錢！我會替你贖身的！」

「什麼？」淵愣了一下，還沒回過神來。

「哎，我說，你的身價不會比花魁還貴吧？不然為什麼你住的地方這麼高級、這麼隱祕？」朱顏說著，想盡量讓話題輕鬆一點，然而身體忽然晃一下，瞳孔裡浮現一絲詭異的紫色，情不自禁地喃喃說：「奇怪，頭……頭為什麼忽然這麼暈？」話音未落，她瞬間只覺得眼前一黑，失去了知覺。

淵眼明手快地一把將她抱住，嘆了口氣，轉頭對著申屠大夫道：「還不快把她身上的毒解了？」

老人咳嗽一聲，卻有些不大情願地嘀咕：「這個女的可是赤王府的郡主啊！空桑人的貴族小姐！萬一她把我們的消息給洩露出去……」

「她不會的。」淵眼神淡淡，卻不容反駁。「快解毒！」

申屠大夫似乎頗為畏懼他，撇了撇嘴，便苦著臉從懷裡掏出一個方盒子，打開是一塊碧綠色的藥膏，散發一種奇異的清涼藥香。他用挖耳勺一樣的銀勺子從裡面挖出一點點，放在火上燒熱。

「這藥可貴了。」老人一邊烤一邊喃喃說道：「光是裡面的醍醐香就要……」

「錢不會少給你的。」淵皺眉，「快把她救醒！」

申屠大夫燒熱藥膏後，往裡面滴了一滴什麼，只聽「哧」的一聲，一道奇特的煙霧騰空而起，直衝入朱顏的鼻端。

「啊嚏！」昏迷的少女猛然打了一個噴嚏，身子一顫醒了過來。

「淵！」她猛地跳起來，差點和他撞上，但仍一把牢牢抓住他，再也不肯放。「天啊……你沒走？太好了！我真怕一個看不見，你又走了！」

淵只是笑了一笑，不說話，摸了摸她的頭髮。

自從離開天極風城的赤王府後，他們已經好幾年不見。和鮫人不同，人類的時間過得快，幾年裡她如同抽枝的楊柳，轉眼從一個黃毛丫頭出落成一個亭亭玉立的少女，人生也大起大落。聽說她不久前剛嫁了人，卻又旋即守寡。可是，雖然經過那麼多的事，她的脾氣卻和孩子時候一樣，還是這麼沒頭沒腦的莽撞。

「好，別鬧了。」他輕輕掰開她的手，「申屠大夫還看著呢。」

「啊？那個老傢伙？」朱顏瞬間變了臉色，狠狠地瞪一眼申屠大夫，又回頭看著淵，遲疑道：「他沒欺負你吧？你……你……天啊！」她頓了頓，打量一下衣不蔽體的淵，忽然眼眶就紅了，脫口：「都是我不好！」

淵皺了皺眉頭問：「怎麼了？」

「如果不是我，你怎麼會被趕出赤王府？」她越想越是難過，聲音開始帶著哽咽。「你……你如果好好地待在王府，又怎麼會淪落到現在的地步？是哪個黑心的傢伙把你賣到這個骯髒的地方？我……我饒不了那傢伙！」

「哎，我說，你們這廂敘舊完了沒？」他們兩人絮絮叨叨說了片刻，在一旁的申屠大夫有點不耐煩，咳嗽了一聲，扯了扯淵的衣襟。「今天我冒險來這裡，可是有正事和止大人商量的。」

朱顏心裡正萬般難過，看到這個人居然還敢不知好歹地插進來打斷他們，她頓時暴怒，瞬間跳了起來罵道：「滾開，你這個老色鬼！不許碰淵！」

玉骨從她指尖呼嘯飛出，如同一道閃電。

「住手！」淵失聲驚呼，飛掠上前，閃電般的一彈指，在電光石火間將那一道光擊得偏了一偏。只聽「唰」的一聲，玉骨貼著申屠大夫的額頭飛過，劃下一條深深的血痕，頓時血流披面。

申屠大夫嚇得臉色刷白，連嘮叨都忘了。而朱顏看著捨身護住申屠大夫的淵，不由得愣住了。她本來也沒打算真的要那個老色鬼的命，只想嚇唬他一下，竟然引得淵動了手。

「淵！你……你的身手，為什麼忽然變得這麼好？」她不可思議地喃喃道，眼神陌生地看著他。「你居然能擋開我的玉骨？這個雲荒上能有這種本事的人可不多啊。」

淵沒有回答，只是微微咳嗽，臉色越發蒼白，伸手把申屠大夫扶起來，對她道：「妳也該走了。」

什麼？剛一見到面就想趕她走嗎？而且他居然這樣護著那個老色鬼！朱顏死死看著淵，似乎眼前這個人忽然就陌生了。她忽地搖了搖頭，喃喃道：「不對……不對！既然你的身手那麼好，那就更不可能是被迫來這裡賣身的！」

「唉，妳這小丫頭，說什麼呢？」淵嘆了口氣，扶著申屠大夫回到一旁的榻上坐下。「誰說我是被迫到這裡賣身的？」

「什麼？你不是被迫的嗎？」朱顏愕然，忽地跳了起來。「不可能！難……難道你是自願的？」

淵無語地看著她：「誰說我是在這裡賣身的？」

「難道不是嗎？」她怒不可遏，一把抓過旁邊的申屠大夫，和他對質。「是這個老色鬼親口說的！」

申屠大夫被她提著衣領拎起來，幾乎喘不過氣來，一張臉皺成菊花，拚命搖著手辯解：「不……不是！真的不是！」

「別抵賴！」朱顏憤然，「剛才你還讓我替你付嫖資呢！」

「哎呀，我的好小姐……我哪敢嫖止大人？」申屠大夫連忙搖手，上氣不接下氣地開口解釋：「剛才……剛才，咳咳，老夫看妳少不更事，為了引妳放鬆警惕好下手，才故意那麼說的好嗎？」

「真的？」朱顏愣住了，一鬆手，申屠大夫落到了地板上，不停地喘氣。然而淵這次並沒有再度出手救援，只是在一旁冷冷看著他，眼神似乎也有一絲不悅：「你剛才都胡說了些什麼？」

「嘿嘿……」申屠大夫也有些尷尬，「隨口說的，這小丫頭還當真了。」

「少信口雌黃。」淵抬起頭，看著朱顏正色道：「阿顏，申屠大夫來這裡，只是為了幫我治傷而已。」

「什麼？」她愣了一下，「你……你受傷了？」

淵沒有說話，只是默默地把披在身上的長衣掀開一角。那一瞬，她清晰地看到他的右肋上裹著厚厚一層綁帶，而且因為剛才撥開玉骨的一番激烈動作，有血跡正在慢慢地滲透出來。

「天啊……」她失聲驚呼。

「我昨日被人所傷，傷口甚為詭異，一直無法止住血。」淵的聲音平靜，「所以只能冒險叫來了申屠大夫。」

朱顏看著他的傷口，微微皺起眉頭。那些傷口極密極小，如同一陣針做的風從身體上刮過，創可見骨，甚是詭異。更奇怪的是，那個傷口附近居然還有一種淡淡的紫光。

這不是刀劍留下的傷，似乎像是被術法所傷？是……追蹤術嗎？她覺得有些眼熟。然而剛要仔細看，淵卻重新將長衣裹緊。

「所以妳不用替我贖身。我沒事。」

朱顏愣了一下，不好意思起來。

是的，淵怎麼可能會去青樓賣身？他一向潔身自好，又有主見，怎麼也不會淪落至此吧？她平日也算是機靈，此刻見到傾慕多年的人，卻不由自主地蠢笨起來，腦子一時都轉不過彎來，白白惹了笑話。

「淵……」她想靠過去拉住他，然而淵往後退一步，不露痕跡地推開她的手，態度溫柔卻克制地說：「妳該回去了，真的。」

兩年不見，好不容易才找到他，怎麼沒說幾句又要趕她走？朱顏心裡隱隱有些失望，然而更多的是擔心。她追問：「你為什麼會受傷？是誰傷了你？你……你又為什麼會躲在這個地方？」

他沉默著沒有回答，似乎還沒想好要怎麼回答她。

「怎麼啦，淵？為什麼你不說話？你有什麼事情瞞著我嗎？」朱顏又是擔心、又是不解地看著他。只是兩年不見，這個陪伴她一起長大的人，身上居然出現了如此多她不熟悉的東西，和以前在赤王府裡溫柔的淵似乎完全不同。

停頓片刻後，淵終於開了口，卻是反過來問她：「妳為什麼會來這裡？妳父王知道妳一個人來這種地方嗎？」

朱顏不好意思地揉了揉衣角，低頭嘀咕：「父王要進京覲見帝君嘛……我一個人很無聊，本來只是想來葉城最大的青樓看一下熱鬧……你也知道，那個，我從來沒逛過這種地方嘛！嘿嘿……來開開眼界！」

淵一時無語，哭笑不得。

這種話，還真只有這丫頭能說得那麼理直氣壯，她到底知不知道自己無意中惹了多大的麻煩？貿然闖入這樣機密的地方，如果不是正好碰到自己，就憑她這好奇心，有九條命都不夠搭進去。

然而，聽到她的話，申屠大夫忍不住一拍大腿，又露出引以為知己的表情。「那郡主來這裡逛了一圈，有沒有看上的？星海雲庭裡美男子也很多，不如我向郡主推薦幾個吧？」

朱顏頓時臉色飛紅，翻著白眼啐了他一口，嘀咕：「我只是想來看看傳說中的花魁如意罷了，結果……」

說到這裡，她頓了一下，臉色有些不大好。

「結果怎麼？被人搶了吧？」申屠大夫忍不住哈哈大笑。「如意那個小妮子，可是個大紅人！妳不預約有時候很難見上她一面，有錢也沒用。哎，不如讓止大人出面，說不定還能讓妳稱心如意。」

「是嗎？」朱顏心裡一跳，忽地皺起眉頭，看著淵有些警惕地問：「那個如意，和你又是什麼關係？」

「什麼關係？哎，妳不知道嗎？」申屠大夫笑了起來。「如意這個心高氣傲的小妮子，在這世上只聽他一個人的話……」

朱顏的臉色一下子就不好了，倏地回頭盯著淵問：「真的嗎？」

然而淵並沒有理睬她，只是將頭別向一邊，似乎略微有些出神，完全沒聽到他們在說些什麼。當朱顏剛要沉不住氣，上來揪著衣襟追問他的剎那，淵忽然將手指豎起，示意所有人噤聲。

申屠大夫愣了一下：「怎麼回事？」

淵低聲道：「我……好像聽到如意在呼救。」

「呼救？」朱顏仔細聽了一下，卻什麼也聽不到，便安慰他：「沒事，你別擔心。如意她今天被我師父包了……」

「你師父？」聽到這句話，淵卻猛然變了臉色，瞬間站起來。「妳說的是九嶷神廟的大神官時影？他……他來這裡了？」

「是啊。」朱顏自知失言，連忙做了個噤聲的手勢。「你可千萬別說出去啊！」

「不好！」淵的臉色卻倏地變得蒼白，回過頭飛快看了一眼申屠大夫，一把將老人拉起來。「事情不對……你快走！」

說完，淵抬起手按動一個機關，只聽「唰」的一聲，牆壁往內塌陷，一道暗門剎那間出現。那是一個只有三尺見方的井道，斜斜地通向不知何處的地底，如同一隻黑黝黝的眼睛。

「快走。」淵不由分說地將他推向那個洞口，「這裡有危險！」

「這就走？」申屠大夫愕然，「你身上的傷我還沒……」

「沒時間說這些了！」淵將申屠大夫推入那個洞口，低斥：「快走！回到屠龍村躲起來……不是我親自去找你，絕對不要輕易出來！」

申屠大夫被沒頭沒腦地塞進那個洞口，身體已經滑了進去，只露出一個腦袋在外面，卻橫臂攀住洞口，有點戀戀不捨地抱怨：「好不容易來星海雲庭一趟，我都還沒見上一個美人呢……」

「下次再說吧！別囉唆了。」在這樣緊急的時候，淵也失去平時的好脾氣，猛地將他的頭往裡一按。「快走！」

申屠大夫悶哼一聲，被他硬生生塞了進去。

然而，就在滑下去的那一瞬間，他重新拉住淵，附耳低聲說了一句話：「我剛才和你說的那件事，可得抓緊去核實一下。那個鮫人孩子不同尋常，只怕是你們找了很多年的『那個人』。」

淵點了點頭應道：「我會立刻稟告長老們。」

「說來也巧。」申屠大夫饒有深意地看了一眼朱顏，忽地在淵的耳邊低聲道：「我說的那個孩子，就在她家府邸裡。」

「什麼？」淵倏地回頭，看向朱顏。

「怎……怎麼啦？」朱顏嚇了一跳，發現他眼神有異。淵沒有再說什麼，只是回過頭對申屠大夫道：「多謝告知，你快走吧。」

申屠大夫呵呵笑了一聲，鬆開了手。「不用謝我，下回記得讓我免費在星海雲庭玩幾天就是了……多找幾個美人來陪我啊，最好如意也賞臉！」

話音未落，他的人已經隨之滑向黑暗，再也看不見。

朱顏莫名其妙地看著這一幕，直到淵蓋上那個密道的門，回過頭來又深深地看了她一眼——那眼神是她所不熟悉的。她有點驚訝，又有點擔心地問：「到底出什麼事了？」頓了頓，她又道：「你們……難道在躲我師父？」

淵似乎在飛快地思索著要怎麼和她說，然而，最終只是簡短地回答一句：「是。九嶷山的大神官時影，是我們復國軍的敵人。」

「你們復國軍？」朱顏大吃一驚，往後退一步，定定地看著淵。「你……

你難道也是復國軍？」

「對。」淵簡短地回答她，並迅速走入內室，換上一件長衫，然後從匣子裡取出一柄劍——那柄劍是黑色的，劍脊上有一道細細的縫，蜿蜒延展，彷彿是一道裂痕。淵伸出手，輕輕在劍鋒上彈了一下，黑劍便回應一聲清越的長吟。他持劍在手，垂首凝視，眉目之間湧動著凜冽的殺氣。

朱顏從沒有見過這樣的淵，不由得愣住了，半晌才訥訥道：「可……可是我師父只是個神官，也不算是你們的敵人吧？」

「怎麼不是呢？」淵冷笑一聲，「幾個月前在蘇薩哈魯，他就出手殺了那麼多鮫人。」

朱顏愣了一下，脫口道：「你……你怎麼知道蘇薩哈魯的事情？」

「我剛剛去了那裡一趟，為同族收屍。」淵淡淡道：「我看過那些屍體，是被術法瞬間殺死的。那是大神官的手筆吧？揮手人頭落地，乾脆俐落。」

朱顏說不出話來，想為師父分辯幾句，又覺得詞窮——是的，師父對鮫人一貫冷酷，毫無同情心，在淵看來應該是個十惡不赦之人吧？

「我前幾天在總督府和他交過手，他是非常厲害的對手。」淵回過頭，對她簡短地問一句：「現在妳打算怎麼辦？」

她一震，回過神來。「什……什麼怎麼辦？」

淵問得簡單直接：「妳是幫妳師父，還是幫復國軍？」

「為什麼要問這個？」朱顏腦子一亂，一時間有些退縮，顫聲道：「你們……你們兩個明明不認識吧？難道馬上要打起來了嗎？」

「當然。」淵冷笑一聲，「不然你以為他來這裡做什麼？」

她心裡一緊，什麼話也說不出來。

淵看了她茫然的表情一眼，臉色略微緩和下來，不作聲地嘆了口氣說：「我和妳師父的事，妳還是不要插手最好。」他頓了頓，看著她，眼神恢復昔日的溫柔，低聲道：「算了，妳還是先留在這裡吧，出去也只會添亂。」

說到這裡，他便撇下她，逕自往外走去。

「喂！」朱顏急了，一把拉住他。「你要去哪裡？」

「我要去上面找如意。」淵回答，眼有一絲焦慮。「妳師父既然能找到這裡，想必我們兩個都已經暴露身分。」

朱顏愣了一愣：「那……那個花魁，也是復國軍嗎？」

他點了點頭：「如意是復國軍暗部的人，負責潛入空桑權貴內部搜集情報，同時替復國軍籌備糧餉。」

她一時間不由得怔住了。那麼嬌貴慵懶、千金一笑的花魁，居然會是復國軍？這鮫人的軍隊裡，怎麼什麼人都有啊……也難怪如意要私下收費，還收那麼貴。難不成是為了給鮫人復國軍籌措軍資的？

然而一看到淵又要走，朱顏回過神，趕緊一把拉住他。

「別去！我師父最恨鮫人了，你這樣上去絕對是送死！何況……何況他未必知道那花魁是復國軍，說、說不定……他純粹就是來尋歡作樂呢？」

說到最後，她的聲音不禁漸漸低了下去。

是的，連她自己都不相信，師父會忽然變成一個出入青樓尋歡作樂的男人。像他那樣清心寡欲的苦修者，忽然來這裡尋花問柳的概率，幾乎比在禿子頭上尋找蝨子還難。

「妳還不瞭解妳自己的師父嗎？」淵推開她的手，「阿顏，妳不用為難。妳待在這裡就好，不要出來。等我和妳師父的事情了斷後，妳只管回去赤王府，什麼都不要問。」

「喂！別去！」她急了，一把扯住他的衣袖，用童年時的口吻說：「求求你，不要去！不要管那些事了……淵，你去了我可要生氣了。」

然而，淵沒有如童年時那樣溫柔寵溺地聽從她的話，只是不動聲色地扯開她的手，態度堅決而冷淡，和她童年時截然不同。「不，我必須去。」

他一邊說著，一邊便要拉開門走出去。

那一瞬，朱顏不由得愣了一下——淵的指尖靠近門的那一瞬間，有一道奇特的光芒如同流水，在古銅色的門把上一掠而過。那種光芒非常詭異，就像是……

「小心！」朱顏忽然脫口驚呼。

然而那個剎那，淵的指尖離那門把只有一寸，她卻離他有一丈遠，已經來不及衝過去阻攔。她驚呼著，玉骨如同閃電一樣呼嘯射出，流瀉出一道銀光，「唰」的一聲從他的指尖和門之間劃過，硬生生將其隔了開來。

同一瞬間，朱顏竭盡全力撲出去，一把將淵抱住，往後便退，大喊：「小心！那是疾風之刃！快閃開！」

就在那個剎那，白光轟然大盛，耀眼奪目。

一道淩厲的光，凝聚成巨大的劍，隔著門「唰」地刺入，一擊就穿透了厚實的牆壁，所到之處，無論是牆壁還是銅門，都立刻成為齏粉。巨大鋒利的白光破牆而入，直接指向淵，「唰」地刺下來，帶著神魔披靡的氣勢。

如果不是她剛剛拉了他一下，他在一瞬間就會被穿透。

朱顏念動咒術，手指在虛空裡迅速畫了一個圈。玉骨應聲而至，在空中飛速地旋轉，化為一團光，如同剎那撐開的傘，將那一柄透門而入的利劍擋住。白光擊在金色的盾牌上，發出尖銳的轟然巨響。

那一瞬間，朱顏只覺得全身的骨骼瞬間劇痛，完全站不住腳，踉蹌著往後退出了一丈，在巨大的衝擊力下，抱著淵一起摔到地上。那一刻，她同時明白了這個可怕的襲擊來自何處，不由得脫口恐懼地驚呼：「師……師父！」

在洞開的門外，有一襲白衣翩然降臨，袍袖無風自動，獵獵飛舞。那個人一擊就擊穿了所有屏障，冷冷地站在那裡，一隻手接住她的玉骨，另一隻手裡卻拖著一個奄奄一息的女子，低頭看著跌倒在地的他們兩人。

那種冷定而凜冽的眼神，如同冰雪驟然降臨。

第十七章　冰炭摧折

九嶷山的大神官出現在星海雲庭的祕密地下室，他微微低下頭，看了一眼躺在地上的朱顏，眉頭不易覺察地一蹙，似乎也沒想到還會在這裡再度見到自己的弟子。

「是妳？」大神官鬆開手，玉骨「唰」的一聲飛回朱顏的頭上。

「師……師父？」朱顏知道躲過了一劫，不由得癱軟在地上，結結巴巴地道：「您……您怎麼來這裡？」

時影沒有回答，視線繞過她，只是冷冷盯著她身後的淵。那種眼神，令朱顏嚇得一個哆嗦，立刻一個打滾站起身，擋在淵的面前。如果師父用眼神也能發動術法的話，淵現在一定早就被他殺了！

「剛才是你擋住我的攻擊？」時影終於開口，打量著朱顏，語氣無喜無怒、波瀾不驚。「妳學會了『金湯之盾』？」

「剛……剛學會！」朱顏怯怯地點頭，誇耀似地說了一句，又連忙分辯：「不過，我……我可不知道是師父您來了！若是知道……」

時影冷笑一聲：「就擋不住了？」

她一窘，怯生生地點了點頭。

是的，如果知道門外發動攻擊的是師父，她只怕會心膽立怯，無法將那麼複雜的咒術在瞬間流暢念完，而只要慢一刻，那道光就會把她連著淵一起劈為齏粉。

「很不錯，居然能以這種速度施展『金湯之盾』。」時影的語調還是淡淡的，聽不出喜怒。「剛才那一擊，我用上了八成功力，整個雲荒也沒幾個人接得住。這幾個月來妳進步之快，實在是出乎我的意料。」他說的明明是讚許之詞，眼神卻冰冷如刀鋒，在朱顏身後的那個男子身上一掠而過。「妳這麼拚命，是為了保護這個人？」

朱顏不敢撒謊，只能硬著頭皮點了點頭。

時影默然看了淵一眼，不置可否，只是轉頭對朱顏淡淡道：「看來我說得沒錯，妳潛力非凡。任何事，只要妳真想做，妳永遠做得到——哪怕是對抗我。」

「弟子……弟子哪裡敢對抗您啊！」朱顏卻在這樣罕見的表揚裡哆嗦一下，可憐兮兮地道：「我……我只不過是不想死而已。」

她邊說，邊下意識地往前一步，擋在淵的面前。不知道為何，她有一種錯覺，覺得只要自己不死死地攔在中間，下一個瞬間師父就會驟下殺手，取走淵的性命。真奇怪……為何一貫不露喜怒的師父在看到淵時，眼裡會湧現這樣可怕的殺意？

「這就是妳以前提到過的『淵』？」時影淡淡地問一句，又打量淵一眼。「他居然是個鮫人？」

「是……是。」朱顏顫慄了一下。

時影的視線在那個俊美無雙的鮫人男子身上一掠而過，語氣冰冷：「妳以前說他在赤王府裡待了很多年，從小陪伴妳長大。我還一直以為，他只是個積年的老僕人而已。」

「沒……沒錯呀，他……他都活了兩百多年，在王府裡待了很久，是看著我長大的。」朱顏結結巴巴地說著，擋在前面，努力想把淵藏起來，手腕暗自加力，推了推淵的胳膊，示意他趕緊從那個密道逃跑。

然而淵完全不領情，反而撥開她的手，往前衝出一步，對著時影厲聲道：

「放開如意！」

如意？朱顏的視線隨之下移，只看一眼，就情不自禁地脫口低呼一聲。那一瞬間，時影的手似乎下意識地鬆開，將拖著的女子扔到地上。

只是短短片刻不見，那個風華絕代的花魁早已面目全非。一頭珠翠散落、秀髮凌亂，整個人匍匐在地上，臉色蒼白，奄奄一息。她被人強行拖曳著經過了長長的通道，一路上赫然留下一條殷紅刺目的血跡。

「如意！」那一瞬，淵的臉色也變得蒼白，湛碧色的瞳子裡有怒火驟然燃燒。若不是朱顏死死拉住他，他大概就要衝過去了。

然而，朱顏的心裡也是猛然一沉。

她看出了淵對這個花魁的關切，也看出師父在這個女人身上至少用了五種不同的術法，其中兩種是攝魂奪舍的，剩下的三種都是血肉刑罰，交錯使用，非常殘酷，就算是鐵打的人也承受不住。此刻這個絕色美女外表看起來還好，但身體骨骼早已經是千瘡百孔。

這樣的絕代美人，他怎麼下得了手！

朱顏不敢相信地抬起眼睛，怔怔地看著師父。如果說方才以為師父來青樓尋歡作樂這件事超出了她的認知，那麼現在，她同樣無法把如此殘酷的手段和她所認識的師父對應起來。

「這女人很是硬氣，連攝魂術都挺了過去，倒是令人敬佩。」時影站在那裡，一襲白衣浮現在黑暗的廊道裡，彷彿散發出淡淡的光華，漆黑的眼眸冷而亮，眉目之間沒有感情，鋒利得如同一柄劍。

他看向淵，而淵也在看著他。

在那一瞬，朱顏幾乎有一種虛空中刀劍錚然有聲的錯覺。

「我終於找到你了。」時影慢慢地一字一句說道，平靜之下藏著一種尖銳。「果然，星海雲庭是你們的據點，這個花魁是你們的內應。」他頓了頓，又道：「昨天闖入葉城總督府和我交手的，就是你吧？」

淵並沒有否認，只是淡淡道：「是。」

「真是沒想到，鮫人裡還有這樣的高手。」時影的聲音平靜，「來去總督府如入無人之境，在我手下殺人滅口又全身而退，這等本領實在令人驚嘆——

不愧是海國的領袖，復國軍的左權使，止淵。」

「什麼？」朱顏失聲驚呼，轉頭看著淵。

然而，淵只是淡淡地聽著，並沒有絲毫否認的樣子。她不由得愕然：原來……他叫止淵？那麼多年，她還是第一次知道他的全名。

淵沒有說話，只是抬起手，緩緩握緊手裡的劍。那一刻，一貫淡然親切的男子身上忽然迸發出凌厲的氣勢，一瞬間整個人就好像是脫鞘而出的劍。

「哦，原來你不是劍聖門下？」顯然還是第一次清楚地看到淵的劍，時影眼裡掠過一絲洞察。「你用的是實體的劍？是因為還沒達到劍聖門下以氣馭劍的境界，還是……」

一語未落，一道閃電迎面而來。

「你試試看就知道了！」淵低聲冷笑，驟然出劍。

朱顏怔愣在一旁，有點手足無措——他們……他們真的打起來了！她生命裡最重要的兩個人，居然就這樣在她面前打起來了！

「別……別打了！」她一時間有些不知所措，連聲喊道：「有什麼事不能好好說？別打了！快停手！」

然而，壓根兒沒有人理會她的呼喊。

這完全是一場你死我活的搏殺。當淵的劍出鞘時，帶起的風讓整個房間裡的器物搖搖欲墜。隨著他出劍越來越快，風聲從黑色的劍脊裂縫裡穿過，那一縷聲音嗚咽變幻，越來越急，到最後竟接近於鬼嘯。

黑色的閃電在狹小的房間裡和走廊上旋繞，靈活多變，遊走萬端。然而，無論他使出怎樣暴風驟雨般的攻擊，只是讓時影退了幾步，從房裡退回到走廊上而已。

時影面色不動，只是從白袍下抬起雙手。

只是一個簡簡單單的動作，卻讓朱顏大驚失色：那麼久了，她還是第一次看到師父用雙手結印！

站在黑暗的走道深處，時影的表情肅穆而凝定，雙眸微微下垂，凝視自己的手，根本沒有去看對方的劍。然而，他每一次劃過的指尖，都對應著淵出劍的方向。在一瞬間，虛空裡就有無形的牆壁立起，在千鈞一髮的時刻將刺過來的黑色劍鋒擋了回去。

時影的十指在胸口交錯，做出各種手勢，無聲而迅疾，每一次動作都代表著一個極其凌厲的咒術：或守或攻，或遠或近；疏可跑馬，密不透風。

朱顏在一旁完全插不上嘴，直看得目瞪口呆。那些咒術，每一個都需要普通術師修行二十年以上的功力，而師父他只要動動手指就行？這世上居然還有這樣神一樣強大的人存在。

她聚精會神地看著師父在指尖釋放一個個玄妙的咒術，竟一瞬間看得有些出神。然而，師父手指上的動作忽然停頓一下，回頭看了一眼，「唰」地放出一道閃電擊落在通道上。

「該死！」時影低斥一句：「她跑了？」

誰？朱顏愕然地順著師父的視線回頭，看到房間裡已經空空蕩蕩。那個星海雲庭的花魁如意，不知何時已不見蹤影。

那一瞬間，她明白過來了——淵明知道自己身上有傷，卻還要迎難而上、力戰強敵，原來只是為了讓那個花魁有機會逃離。他……為了那個美女，竟然連自己的命都不要了嗎？

那一刻，她的心裡忽然又酸又澀，如墜鐵塊。

彷彿是生怕時影立刻追擊花魁，淵眼神一變，手腕忽然下沉。剎那間，房間裡激蕩的劍風忽然消失了。

千萬劍影歸一，在空中瞬間聚集。

淵淩空躍起，一劍刺下。那一劍凝聚全力，反而再也沒有絲毫風聲，就如同一柄又鈍又厚的劍，無聲無息地破開了虛空。那一劍的力量和威壓，竟令站在一旁的朱顏頓覺胸口窒息，身不由己地往後連退三步。

「好一個『蒼生何辜』！」時影瞳孔縮緊，冷笑說道：「劍聖門下，分光化影，九歌九問……你都是從什麼地方學來的？飛華和流夢兩位劍聖又是你什麼人？」一邊說著，他手指併起，倏地接住那一劍。然而，淵根本沒有回答他的問話，瞬間又一連出了三劍，劍劍氣勢逼人、不留餘地。

「想逼退我，和同伴一起逃走嗎？作夢！」那一瞬，時影揚聲冷笑，驟然放開胸口交錯的手，舒臂左右展開，身體急速旋轉，寬大的法袍獵獵飛舞，然後，雙手又瞬間合攏。

食指對著食指，在眉心交錯。

這個手勢是如此熟悉，似乎在手札最後幾頁看過。那一刻，她腦子一亮：糟糕！這、這難道是……天誅？

朱顏全身一震，想也來不及想，剎那間一點足，就飛身掠了過去。

「快閃開！」她拉住淵的衣服，用盡全力把他狠狠往後面扯開。只聽「嚓啦」一聲，衣衫碎裂，淵往後踉蹌地退了一步。而她借者那一拉之力瞬間換位，擋在淵的面前。

那一瞬，一道淡紫色的光華已經在時影的指尖凝結。

天誅之下，屍骨無存。

「師父！」朱顏驚呼：「不……不要！」

剎那間，她想起手札最後幾頁上面記載著一種最強大的防禦之術：千樹。那是從大地深處召喚木系的防禦術，以身為引，只要腳踏大地，便能汲取無窮無盡的力量。

那樣高深的術法，是她這幾個月的時間裡尚未來得及學的。但此刻面對師父施展出的天誅，也只有千樹才能勉強與之對抗。

她顧不得什麼，只是竭盡全力回憶著，手指飛快地畫出一道道防禦的符咒，冒著巨大的危險勉力嘗試，完全顧不上萬一施法失敗會有怎樣可怕的結果。

星海雲庭的地下室，不見天日的房間裡，一棵接著一棵的「樹木」破土而出，在虛空裡成長，飛快在她周圍交錯成網。千樹競秀、萬壑爭流——那種六合呼應、天地同力的感覺是如此強大凌厲，無窮無盡，令第一次操縱這種力量的她都覺得有些敬畏。

天啊……早知道那卷手札最後幾頁是如此厲害，她就算不飲不食也該早點把它們學會，如今臨時抱佛腳，怎麼來得及？

就在她手忙腳亂的時候，時影手指微攏，天誅的力量瞬間在指間集結完畢。然而朱顏畢竟是第一次施展，生疏又慌亂，手抖個不停，速度遠遠比不上師父，不等符咒完成、千樹成障，那一道光已經如雷擊落。

完了！天誅落處，屍骨無存！

她的千樹，只差一刻就能完成，卻偏偏來不及。

那一瞬，她嚇得捂住臉，絕望地大喊：「師父！」

「退下！」在同一個剎那，眼看她無法抵御，本來被她拉到背後的淵忽然厲喝一聲，躍出去擋在了她的前面。淵一把用力將她推開，迎著落下的閃電，拔劍而上。

「淵！」她睜開了眼睛，失聲驚呼。

然而睜眼的剎那，她只看到黑暗的地下有滾滾的雷霆從頭頂降落，帶著誅滅神魔的氣勢。淵一人一劍疾刺而上，用黑色的劍迎向淡紫色光芒，竟也是不顧一切、毫無畏懼。

她大聲驚呼，心膽俱裂，不顧一切地一點足掠了過去。

看到她忽然躍出阻擋，時影的神色微微變了一下，手腕卻依舊往下迅疾地斬落，毫不容情。

「不！」她撕心裂肺地大喊：「不要！」

天誅從天而降，黑色的劍斬入迎頭而來的光芒，如同兩道閃電轟然對撞。光芒四射，如同火焰瞬間吞沒整個空間。巨響裡，她整個人被震得往後飛出，重重地砸在牆壁上，「哇」地吐出一口血來，眼前瞬間一片漆黑。

那是直視天誅之後導致的暫時失明。

「淵……淵！」她滑落在地，痛得四肢百骸都像裂了一樣，在地上掙扎著爬過去，失聲大喊，全身因為恐懼和憤怒而發抖。師父……師父他，竟然在她眼前把淵給殺了？而且，師父為了殺淵，竟然不惜將自己也一起殺掉！

這……這是怎麼了？為什麼忽然之間所有人都變了！

她掙扎著爬過去，大喊著淵的名字。然而，在黑暗中一路摸索過去，房間的地面空空如也，除了滿手的血跡，她什麼也沒有觸碰到。淵……淵去了哪裡？

天誅的力量極大，若是正面擊中，定然屍骨無存。

「淵……淵！」雖然明知無望，她還是絕望地大喊著，五臟如沸，拖著身體在地上掙扎著爬行，摸索著空蕩蕩的地面。「淵！你在哪裡？回答我！」

忽然間，一隻腳踩住她的肩膀。

「別白費力氣了。」頭頂傳來一個聲音，淡淡道：「妳受了重傷，動得越多，臟腑就破損得越厲害。」

她愣了一下，失聲驚呼：「師父！」

那、那是師父的聲音！師父……他安然無恙？那麼說來，淵真的已經……

她一時間倒吸一口冷氣，只痛得全身發抖，眼前一片空白。然而，當那個人俯下身，試圖將她從地上抱起來的時候，朱顏卻一下子回過神，只覺得憤怒如同火焰一樣從心底爆發而出。

「滾開！」她一把推開他，反手就要使出一個咒術。然而時影的速度遠遠比她快，她的指尖剛一動，他便一把捏住她的手腕，將她整個人從地上拖起來。

「別亂動。」他冷冷道：「不然要挨打。」

「放開我……放開我！」平時聽到「打」字就嚇得發抖的朱顏，此刻全然無懼。恨到了極處，熱血沖上腦子，她拚命掙扎，情急之下用力抽回手臂，將他的手一起拖過來，惡狠狠地一口咬下去。

驟然受到襲擊的人猛地一震，卻沒有把手抽回來。

時影低下頭，看著如同狂怒小獸的她，既沒有甩開也沒有說話。她的勁頭不小，虎牙尖銳，一下子幾乎把他的手腕咬破。

但他只是沉默地站在那裡，任憑她發洩內心的憤怒。

然而撕咬了片刻，她忽然不動了。那個憤怒的小獸彷彿筋疲力盡，停頓了片刻，埋首在他手腕上，忽然間哭了起來。她嗚嗚咽咽地哭，含糊不清地說著什麼，唇齒間含著他的血肉。

「渾蛋！你……你殺了淵！」她一邊大哭，一邊拚命地廝打著他，大喊：

「該死的，你居然殺了淵！」

是的……師父殺了淵！就在她的面前！她……她要為淵報仇嗎？又該怎麼報仇？難道去殺了師父？肯定殺不了吧……不過殺不了也得拚一拚！哪怕是被他殺了也好！

心亂如麻之中，身體忽然一輕，她被人抓著後頸一把拎起來。時影沒有說話，抬起流血的手輕輕按住她的雙眼。他的手指依舊沉穩有力，卻微涼，瞬間有一股力量注入。朱顏眼前一亮，忽然間又恢復視覺。

睜開眼，師父就站在她的對面，依然如同平日高冷淡漠、不苟言笑、不可接近的樣子，然而臉色有些蒼白，嘴唇是反常的紅，彷彿是剛吐了一口血。她顧不得這些，只是四顧看了一眼問：「淵呢？你……你殺了淵？」

「是又如何？」他只是冷冷道。

朱顏心裡一冷，連最後的一絲僥倖也沒了，如同沉重的鉛塊，向萬丈深淵急墜而去，一時間痛得發抖，大腦裡一片空白，什麼話也說不出來，一下子頹然癱坐到地上。

時影低下頭，審視著她此刻臉上的表情，似乎是遲疑了一下，忽然開口問：「妳喜歡那個鮫人？」

他的語氣裡有一種平常沒有的調子，似乎帶著一絲不敢相信。然而，深陷在狂怒和悲傷中的朱顏完全沒有聽出來，全身因為憤怒而發抖，想也不想地咬著牙大聲道：「是！我當然喜歡淵！從小就喜歡！你！你竟然把我最喜歡的淵給殺了！渾蛋……我恨死你了！」

她的話衝口而出，如同一柄劍「唰」地急投，劃破空氣、扎入心臟。對面的人眼神驟變，身子一晃，猛然往後退一步。

「妳……真的喜歡那個鮫人？可是妳以前明明說過想嫁給……」時影下意識地脫口說了半句，卻又頓住，將剩下的話語咬死在唇齒之間，沒有繼續說下去，臉色變得蒼白地低聲道：「妳是在說謊嗎？」

「廢話，那當然是騙你的啊！你……你不是會讀心術嗎？」她氣急敗壞地脫口大喊，一把推開他，哭喊：「我從小就喜歡淵！我……我今天才剛剛找到他呢，你為什麼就把他給殺了？渾蛋……我恨死你了！」

之前，無論她怎麼拚命地掙扎反抗，都壓根兒碰不到他一根指頭，然而不知怎的，這一推居然推了個實。時影似乎有些出神，一時間竟然沒有躲開，就這樣被她狠狠一把推開，踉蹌著往後退了好幾步，後背重重地撞上走廊。

他的臉一下子重新陷入黑暗裡，再也看不見。

「妳要為他報仇嗎？」沉默了一瞬，黑暗裡的人忽然問。

朱顏愣了一下：「報仇？」這個問題讓她腦子空白了一會兒，不知如何回答。然而頓了頓，看到滿地的鮮血，想起片刻前電光石火間發生的事，朱顏心如刀割，忽然間哭出聲音來，一跺腳，大聲喊：「是！我……我要為淵報仇！我……我要殺了你！渾蛋！」

黑暗裡的人似乎震了一下，眼裡瞬間掠過一絲寒光。

「殺了我？」他低聲問，語聲冰冷。「為他報仇？」

這種異常的語調讓朱顏忍不住打了個哆嗦。時影站在黑暗裡，饒有深意地看著自己唯一的弟子。他的眼眸是深不見底的黑，如同亙古的長夜。然而，那黑色的最深處隱約蘊含著璀璨的金色，如同閃電，令人畏懼。

「是！」她心裡一怒，大聲回答。

「就憑妳？」忽然，時影冷笑一聲，無聲無息地從黑暗裡走出來。「現在我反手就能取妳性命，妳信不信？」

話音未落，他已經出現在她面前。

他臉上的表情是她從未見過的。那一刻，朱顏只覺得毛骨悚然，下意識地往後退一步。可是身後彷彿忽然出現一道透明的牆，擋住她的腳步，她竟然是一步都動不了。

「要殺我？」時影冷冷道，手指指尖凝結著淡紫色的光芒，直接點向她的要害。「妳等下輩子吧。」

「師……師父？」重傷的朱顏怔怔看著他，一時間沒有想到要避開。或許是長久以來的依賴和信任，讓她此刻雖然翻了臉，嘴上嚷著要打要殺，卻壓根兒沒想到師父居然真的會下這樣的重手。

他的食指如電刺到，一道凌厲的紫光如同尖刀「唰」地插入她的眉心。

「師……師父！」她不敢相信地失聲驚呼，連退一步都來不及，一下子往後直飛出去，「哇」地噴出一口鮮血，立刻失去知覺。

所有一切都平靜了，黑暗裡，安靜得連風迴盪的聲音都聽得到。

九嶷山的大神官站在這座銷金窟的最深處，一手抱著昏迷的弟子，一手點住她的眉心將靈力注入，逼開了逆行而上的瘀血。只聽「哇」的一聲，昏迷中的朱顏嘔出一口血，氣息順暢起來，臉上那種灰敗終於褪去。

被天誅傷及心脈，即便只是從旁波及，也必須要靜心斂氣、迅速治療。而這個傻丫頭，居然還氣瘋了似地不管不顧，想要和他動手。

時影低下頭，看著滿地的血跡狼藉，眉宇之間忽然籠罩一層淡淡的落寞。赤族的小郡主躺在他的懷裡，唇角帶血。看她最後驚駭的表情，大概是怎麼也不敢相信自己會真的對她下手吧？

就和她八歲那年闖入石窟深處，被自己震飛瞬間的表情一模一樣。

這個傻丫頭……要得到多少教訓，才會乖覺一些呢？

時影低下頭看了她片刻，忽然間輕輕嘆一口氣，用寬大的法衣輕輕擦去她臉上血淚交錯的痕跡。她的臉上還殘留著片刻前的表情，悲傷、驚訝、恐懼和不可思議……鼻息細細，如同一隻受傷的小獸。

他修長的手指從她頰邊掠過，替她拭去滿臉的血淚。

『嗯？喜歡什麼樣的人？像師父這樣的就很好啊！』

『既然看過師父這樣風姿絕代、當世無雙的人中之龍，縱然天下男子萬萬千，又有幾個還能入我的眼呢？』

黑暗裡，那幾句話語又在耳邊響起來，清清脆脆，如同珠落玉盤。每一句都令他覺得微微顫慄，帶來宛如第一次聽到的那種衝擊——只有神知道，當時他是動用了怎樣的克制力，才硬生生壓住心中掀起的波瀾。

那些話她說得輕鬆。或許是因為年紀小，只是無心之語，說完就忘了，卻完全不知道那幾句話給別人的心裡帶來怎樣的驚濤駭浪。

在伽藍白塔絕頂上，他和大司命透露自己將要脫去白袍、辭去大神官職務的意向。然而那一刻，只有頭頂照耀的星辰，才知道他說出這句話的真正原因：是的，他曾想過要為了她那幾句話，放棄在深山大荒的多年苦修，重新踏入這俗世的滾滾紅塵。

可是，那些他曾信以為真的話，到最後，竟然都是假的。

她真正深愛、為之奮不顧身的，居然是一個鮫人。

『廢話，那當然是騙你的啊！你……你不是會讀心術嗎？』

『是！我當然喜歡淵！從小就喜歡！你！你竟然把我最喜歡的淵給殺了！我恨死你了！』

『我要為淵報仇！我要殺了你！』

她一把推開他，流著淚對他大喊。

那樣憤怒的神色，在一看到他就戰戰兢兢的她身上，幾乎從來沒有出現過。那一刻，他可以清楚地感知到她內心洶湧而來的力量，也清楚地明白這句話的真實性——她是真的極愛那個鮫人，甚至可以為之不顧生死。

那一刻，他只感受到森冷入骨的寒意，和滿腔的啼笑皆非。

多麼可笑……多年的苦修讓他俯瞰天下，洞穿人心的真假，為什麼卻聽不出她說這些話的時候，其實只不過是敷衍奉承呢？

說到底，是他自己欺騙了自己，和她無關。

黑暗裡，九嶷山的大神官默默俯下身，展開寬大的袍袖，將她嬌小的身體裹了起來。袖子上白薔薇的徽章映著昏迷中少女的臉，如此潔淨安寧，宛如無辜的孩童。

他想起來，在很久很久以前，自己也曾經這樣抱著她，在神鳥上掠過九霄。那個被他所傷的孩子在他的懷裡奄奄一息，安靜得如同睡去。

可是……為什麼到了今天，他們倆會走到這一步呢？

時影站在黑暗裡，將朱顏從地上抱起，用寬大的法袍捲在懷裡，低頭看著她，沉默地站了很久，腦海裡翻湧著明明滅滅的記憶。

他甚至沒有來得及告訴她，自己其實並沒有殺死她所愛的那個鮫人。因為生怕誤傷到她，最後一瞬，他強行將天誅硬生生撤回，任由巨大的力量反擊自身，一時重傷至嘔血，只能任憑復國軍左權使趁機脫身離去。

而她，一睜開眼睛，就嚷著要殺了他為那個鮫人復仇。

她說要殺他，她說恨死了他……在說這些話的時候，她眼裡燃燒著熾烈的火焰，狂怒而毫不猶豫。這個他看著長大的女孩，似乎會永遠依賴他、仰望他的女孩，怎麼忽然就變成這樣？他自以為洞察人心，卻竟然從頭到尾都誤解了她的意思。

他在黑暗的地下靜靜地不知道站了多久，心中冰炭摧折。思慮到了極處，他身體微微一震，又是一口血從口中噴湧而出，濺得白衣上斑斑點點。

「算了……」

許久，一聲輕嘆從黑暗裡吐出，無限寂寥。

算了。事到如今，夫復何言？她當然沒有錯，錯的只是自己罷了。他曾經立下誓言，要為神侍奉一生，到頭來卻終究動了塵心。當他起了那個不該起的念頭時，就應該知道即將付出的代價。

說不定，這就是懲罰吧？

「再見。」他輕輕抬起手指，沾著血跡輕輕點在她的眉心，想要消除她在星海雲庭的這一段記憶。既然止淵沒有死，只要把這一段插曲抹去，那麼，他們之間便能夠恢復到從前吧？這樣激烈的對抗、撕心裂肺的宣戰，都將不復存在。至於他內心最深處的那一點失落，也就讓它一起沉默下去，永遠無人知曉。

如果時光可以再倒流更多，他真想把所有記憶都抹去。這樣的話，他從未在她人生裡出現，她也不曾陪伴過他，對彼此而言，說不定是更好的人生。

然而，當手指停在少女眉間的時候，看著她臉上殘留的憤怒，時影的眉頭微微一皺，不知道又想到什麼，動作停頓了下來。

『我不要忘記你！』

那個孩子的臉又在記憶裡浮現出來，驚惶不已，滿臉淚水，拚命扭動著試圖躲開他的手指。

最終，他還是放下手，嘆息了一聲。
或者，這樣也好？在接下來的日子裡，就讓她恨著自己吧。

第十八章　星魂血誓

等朱顏醒來的時候，已經不知道過了多久。

頭頂燈光刺眼，眼前旋舞著無數銀色的光點，她下意識地又把眼睛閉上，發出一聲呻吟，在被窩裡翻一下身子，只覺得全身滾燙，如同發著高燒，非常難受，不由得下意識地胡亂囈語。

「醒醒。」恍惚中有一雙小手停在她額頭上，冰涼而柔軟。「醒醒啊！」她模模糊糊地應了一聲，感覺眼皮有千斤重，神志只清明了一瞬，只是一恍惚，又急速陷入沉睡之中。

「別睡過去！」那個聲音有些著急，小小的手用力搖晃她。「睜開眼睛！快睜開眼睛！」

誰？是誰在說話？

「別吵……」她嘀咕著，下意識地抬起手將那隻小手撥開。然而那隻手閃開了，在她即將再度沉睡之前，忽然重重地打她一下。

「誰！」因為劇痛，朱顏一瞬間彈了起來，眼睛都沒睜開，便劈手一把抓住那個人。「敢打我？」

那個人被一把拖過來，幾乎一頭摔倒在她懷裡，身體很輕，瘦小得超乎意料。

「是你？」她愣了一下，鬆開手來。「蘇摩？」

那個鮫人孩子滿臉的不忿，狠狠瞪著她，如同一隻發怒的小豹子。朱顏一怔，下意識地又看了看周圍，發現自己已經回到赤王府的行宮裡。外面斜月西沉，應該是下半夜時分，四周靜悄悄的。

那個孩子站在床榻前，還是那麼瘦小單薄，只是一雙湛碧色的眼睛變成赤紅，裡面滿是血絲，顯得疲憊不堪。這樣深的夜裡，連陪護的侍從都已經在外間睡得七倒八歪，只有這個鮫人孩子還一直守在她的床榻邊。

她心裡一暖，放開他小小的手腕。「小傢伙，你……你怎麼不去睡？」

話一出口，她幾乎被自己嚇了一跳——她的嗓音破碎，如同在烈火裡燃燒過，低沉沙啞，簡直完全聽不出來了。

「誰敢睡啊？」那孩子看她一眼，嘀咕：「妳一直不醒來，我……我擔心妳隨時會死掉……」

朱顏感覺到孩子的手腕有些顫抖，不由得有些愧疚，輕聲道：「我不會死的……只是睡過頭罷了。」

「胡說！妳……妳都昏迷半個月了！」蘇摩脫口而出，聲音有些發抖，「整個行宮都亂套了！管家……管家已經派人去找赤王回來，就怕妳有什麼三長兩短，不好交代……那些空桑人都已經在替妳準備後事了，妳知道嗎？」

「什麼？」朱顏嚇了一跳，「我……我昏過去半個月了？」

蘇摩點一下頭，咬著嘴唇不說話，雙眼裡滿是血絲。

「哦，也對。」她回想一下，頓時也沒有多大驚訝。「我挨了一記天誅，能活下來已經不錯了，昏過去半個月也不算什麼。」

「在星海雲庭到底出了什麼事？妳為什麼變成這樣？」孩子不解地問，頓了頓忽然有些愧疚地道：「那一天……那一天我要是跟妳一起去就好了。」

那一天發生了什麼？聽到這個提問，朱顏怔了一下，心中忽然一痛，淚水便如斷線的珍珠一般滾落，撕心裂肺地痛——星海雲庭裡的一切，忽然間又浮現在腦海裡：黑暗中，她生命中最重要的兩個人陌路相逢，拔劍相向。

天誅迎頭轟下來，淵將她擋在身後，屍骨無存！

那一刻，記憶復甦。所有的一切驟然湧入腦海，如同爆炸一般。她閉上眼睛，肩膀劇烈地發起抖來，抬起手捂住了臉，全身宛如一片風中的枯葉，忍了又忍，還是忍不住失聲痛哭。

「妳……」蘇摩看著她，似乎愣住了。

在相處的這些日子裡，這個空桑貴族少女一直是那樣開朗愉快、朝氣蓬勃，似乎從來不知道憂愁是何物。但此刻，她忽然間爆發的哭泣卻是撕心裂肺。鮫人孩子站在那裡，不知所措，小小的手臂幾次抬起，又放了回去。

「郡主醒來了！」她哭的聲音太大，立刻驚動外間的人。盛嬤嬤當先醒來，驚喜萬分地嚷嚷起來，隨即門外有無數人奔相走告，許多腳步聲從外間湧過來，大家將她團團簇擁。

「郡主的脈象轉平了！」大夫驚喜道：「應該平安無事了！」

「郡主，妳覺得怎樣？」人群裡傳來盛嬤嬤的聲音，擠到她的面前，一把將她抱入懷裡用力揉著。「哎呀，我的小祖宗……妳可把嬤嬤的魂都嚇掉了！」

她被揉得全身骨頭都快散架，勉強止住了哭泣，抬起頭看了看房間裡烏壓壓圍上來的人，下意識地抹了抹滿臉的淚水——然而放下來的時候，手指間全是血跡。

怎麼回事？她嚇一跳，扭頭看向床榻對面的鏡子，不由得愣住了：鏡子裡的她看起來像個鬼，蓬頭亂髮、嘴唇蒼白，臉上沒有一絲血色，雙眸深陷，簡直像從鬼門關剛回來一樣。更要命的是被人畫了個大花臉，用濃濃的血紅色在眉心、太陽穴、天庭和人中連成十字符號。乍一看，她幾乎嚇一大跳。

「這……這是怎麼回事？」朱顏愕然驚呼，順手抓起手帕往臉上擦去。「蘇摩，一定是你這個小兔崽子做的吧？」

「不是我！」一個細細的抗議聲從人群裡傳來。在人群湧來時，那個小小的鮫人便瞬間默默地被擠到人群後方。

「不是你又是誰？」她招手讓他過來，看了一圈周圍的人。「他們可都不會幹這種無聊事。」

「是時影大人。」忽然間，有人插話。

什麼？聽到這個名字，朱顏猛然一震，如同一把刀刺入心口，臉色倏地雪白。

說話的是管家，正站在床頭恭謹地躬身，向她稟告：「那天屬下帶人找到郡主時，郡主已經昏迷不醒，大神官把郡主從地底抱出來，說郡主受了不輕的傷，三魂七魄受到震動，除非自行甦醒，否則千萬不可以擦去他親手畫下的這一道符咒，以免神魂受損。」

「符咒？」她愣了一下，重新拿過鏡子，仔細端詳一下自己臉上的朱紅色花紋，這才恍然大悟：是的，這的確是一道攝心咒。而且用的不是朱砂，而是……她皺著眉頭，用指尖沾一點紅色，在唇邊嘗了一下，忽然失聲驚呼：「血？」

她頓時呆呆地坐在那裡，回不過神來。

師父說過，這天地之間，萬物相生相剋。六合之中六種力量：金、木、水、火、土、風，都是可以借用的，唯獨血咒是禁咒，輕易不得使用。因為血咒的力量不是來自六合天地，而是來自人，靠著汲取人的生命而釋放，是九嶷神廟的禁忌。

她自小追隨師父，也只在幾年前墜入蒼梧之淵的時候才見他施展過一次血咒——而此刻，師父……師父竟然是用自己的血，給她鎮魂？

朱顏不由得顫抖一下，脫口道：「他……他人呢？」

管家嘆了口氣，遺憾地道：「大神官把郡主送回來之後，連赤王府的大門都沒有進，轉頭就走了，也不知道有什麼事情那麼急。」

她沒有說話，心裡一陣複雜，覺得隱隱作痛。

「看上去大神官好像受了傷。」管家不無擔心地道：「只說了短短幾句話，就咳了幾次血。」

「什麼？他受傷了？」朱顏吃了一驚，情不自禁地脫口而出，然而頓了頓，她又咬住嘴角，半晌才問：「他……他說了什麼？」

「大神官說了很奇怪的話。」管家皺起眉頭，似乎有些遲疑要不要複述給她聽。「他要我等郡主醒了再告訴您。」

「說什麼？」朱顏看他吞吞吐吐，有點不耐煩。

「大神官說……」管家遲疑一下，終究還是壓低聲音，如實複述：「讓您好好養傷，學點本事——他說他等著您來殺他。」

「等著我來殺他？」她猛然一顫，只覺有一把利劍狠狠插入心裡，痛得全身都在發抖——是的！淵死了，死在師父的手裡！這個人，雙手沾滿血，竟然還敢放話說等著她來報仇，這是挑釁嗎？

她只覺得腦子裡一團亂，心口冰冷，透不出氣來。

「郡主、郡主！妳怎麼了？」盛嬤嬤看到她臉色又變得煞白，連忙上前推開管家急切地問：「又不舒服了嗎？要不要叫大夫進來看看？」

「我沒事。」她只是搖著頭，低聲道：「你們都出去吧。」

「郡主……」盛嬤嬤有些不放心，「要喝點什麼不？廚房裡備著……」

「出去！都給我滾出去！」她忽然歇斯底里地叫了起來，「別煩我！」

郡主雖然頑劣，但對下人一直很客氣，從沒有發過這麼大的火，盛嬤嬤倒吸一口冷氣，趕忙站起來，對管家遞了一個眼神，管家連忙將手一擺，帶著下人齊刷刷地退出去。

房間裡終於安靜下來，安靜得如同一座墳墓。

朱顏獨自坐在深深的垂簾後，一動不動，低頭將事情的前因後果想了又想，心裡亂成一團，又悲又怒，忽然間大叫一聲，反手就拿起枕頭，一把狠狠地砸在鏡子上。

瓷枕在銅鏡上碎裂，刺耳的聲音響徹空洞的房間。她放聲大哭起來。師父居然放話說，等著她來殺他！好，那就給我等著！我一定會來的！

朱顏撲倒在床上，也不知道哭了多久，終於覺得心頭的沉重略輕了一些，這才抬起頭，胡亂擦拭著臉上的血，咬著牙——沒錯，報仇！一定要報仇！她手指下意識地在枕頭下摸索，摸到那一本薄薄的冊子，用顫抖的手將它翻開。

開篇便是熟悉的字跡：朱顏小札。

古雅的字如同釘子一樣刺入眼裡，令她打了個冷顫。朱顏忍著心裡的刺痛，飛快將冊子翻到最後幾頁，手指停在「千樹」那一頁上——就是這個咒術！如果那時候她學會這個咒術，淵就不會死了！

她停在那裡，反復看著那一頁，手指一遍遍地跟隨著冊子上的內容比畫，將那個深奧的術法一遍遍地演練，越畫越快。如果不是因為她坐在床榻上，並未足踏土地，無法真正汲取力量，相信此刻整個赤王府行宮已是一片森林。

然而學著學著，她的手指忽然在半空中定住，一大顆眼淚滾落下來。

……事到如今，還有什麼用呢？淵已經死了，她就算將千樹學得再好，也無法令死去的人復活。現在學這個有什麼用？應該要學的是……對了！這本冊子裡，有起死回生之術嗎？

她心裡一動，急急將冊子又翻了一遍。

手指顫抖地一頁頁翻過，最後停在手札的最後一頁。那裡，本來應該記錄著最艱深強大的最後一課的位置，翻開來，上頭卻只有四個字：星魂血誓。

朱顏心裡一震，擦去了眼淚，睜大眼睛。

接下來，師父詳細地記錄這個術法的奧義：這片大地上的每一個人，他們的魂魄都對應著天上的星辰。這個術法便是以星辰為聯結、以血為祭獻，通過禁忌的咒術，將受益者的生命延長。

這個咒術的力量是如此強大，只要對方新死未久、魂魄未曾散盡，甚至可以點燃黯星，逆轉生死。但與之相配的，則是極其高昂的代價：施術者要祭獻出自己一半的生命，來延續對方的生命。

下面有蠅頭小楷注釋，說明此術是九嶷最高階的術法，非修行極深的神官不能掌握。一旦施行，可以「逆生死、肉白骨」，乃是：「大違天道之術。施此術，如逆風執炬，必有燒手之禍。若非絕境，不可擅用。」

她一目三行地跳過那些嚴厲的警告，直接看了下去，即便是這樣觸目驚心的警告也絲毫不能減弱她的滿心歡喜——太好了！只要她學會這個術法，豈不是就能用自己的命來交換，將淵從黃泉彼岸拉回來？

朱顏一陣狂喜，迅速地翻過這一頁，卻馬上又怔住。

這最後的一頁，竟然被撕掉了！

那一刻，她想起在蘇薩哈魯的金帳裡，師父最後拿回這本冊子撕掉最後一頁的一幕。是的，他對她傾囊以授，卻獨獨將星魂血誓給拿回去。難道他早就預見到會有今天？他為什麼會料到有今天？

朱顏怔怔地對著手札看了半天，忽然發出一聲煩躁的大叫，一把將那本冊子朝著窗外扔出去——不管用！什麼都不管用！這世上，已經沒有任何法子可以把淵救回來！

忽然間，她聽到窗外傳來簌簌的輕響，如同夜行的貓。

「誰？」她正在氣頭上，抓起了一只花瓶。「滾出來！」

窗被推開一線，一雙明亮的眼睛從黑暗裡看了過來。「我。」

「怎麼又來了？」朱顏沒好氣地將花瓶放回去，瞪了窗外那個孩子一眼，聲音生硬。「我不是說過了誰都不要來煩我嗎？」

蘇摩沒有說話，只是輕巧地翻過窗台，無聲無息地跳進房間裡，將那本小冊子交給她說：「別亂扔。」

然而，朱顏一看到封面上熟悉的字跡，心裡就騰起無邊無盡的憤怒和煩躁，一把將那本書又狠狠扔到地上。「拿開！」

那個孩子看著她發狂的樣子，只是換了手，將一個盒子推到她的面前。

「什麼？」朱顏定睛一看，卻是那個熟悉的漆雕八寶盒。然而裡面不光有糖果，也有各種精美的糕點，滿滿一盒子，琳琅滿目、香氣撲鼻。蘇摩將盒子往她面前推了推，抬起眼睛看著她，小聲道：「吃吧。」

「說過了別煩我，沒聽見嗎？」朱顏一巴掌掃過去，怒斥：「煩人的小兔崽子，滾開！」

「嘩」的一聲，那個遞到眼前的盒子被驟然打翻，各色糖果糕點頓時如同天女散花一樣撒了出來，掉落滿地。蘇摩驀然顫動一下，似被人扎了一刀，往後退了一步，默默抿住嘴唇看了她一眼。

那一眼令朱顏心裡驟然一驚，冷靜了下來。這個孩子心眼小，如同敏感易怒的貓，隨便一個眼神不對、語氣不好，他都能記恨半天。

「哎……」她開了口，試圖說些什麼，然而蘇摩再也不看她，只是彎下腰將那些散了一地的糖果糕點一個個撿起來，放回盒子裡，緊緊抿著嘴角，一句話也不說。

「喂，小兔崽子，你從哪裡找來那麼多糖果糕點？」朱顏放緩語氣，沒話找話。「是盛嬤嬤讓你拿來給我的嗎？」

孩子沒有回答她，只是彎下腰，細心地吹去糕點上沾著的塵土，放回那個漆雕八寶盒裡。然後他直起了身子，轉身就走，也不和她說一句話。

「喂！」朱顏急了，跳起來一把拉住他。「我和你說話呢！」

蘇摩卻只是看了她一眼，又轉過頭往外走去。

「喂！不許走！」她怒了，一把抓住這個瘦弱的孩子，用力拖回來。「小兔崽子，我和你說話呢，鬧什麼脾氣？」

「我不想和妳說話。」蘇摩冷冷說道，用力掙開她的手。「煩死了，滾開！」

沒想到自己說的話這麼快就被原封不動地反彈回來，朱顏不由得噎了半晌。眼看那個孩子朝著外面就走，她連忙往前一步，想把他拉回來。然而重傷之下昏迷了半個月，哪裡還有一點力氣？她剛邁出一步，只覺整條腿彷彿是醋裡泡過那麼痠軟，頓時便踉蹌一下，重重跌在地上。

那孩子已經走到門外，回頭看到她狼狽的樣子，不由得停下腳步。

「好痛！」朱顏連忙捂著膝蓋嘀咕一聲：「痛死了！快來扶我一把！」

蘇摩停頓一下，回身看了她一眼，眼神如同一隻受過傷的小獸，警惕地望著人類，正在遲疑要不要靠近。

看到孩子的神色，朱顏連忙哄他：「別生氣了……剛才是我不對。你小人不記大人過，別讓我摔死在這裡，好不好？」

蘇摩停頓片刻，最終還是轉身走回來，伸出細小的手臂，用力將她從地上攙扶起來，面無表情地把她送回床榻上後，轉身就走。

「哎！」朱顏連忙一把拉住這個孩子，好聲好氣地說道：「我剛才心情不好，對你亂發火了，對不起，請你原諒我。」

蘇摩只是冷冷斜了她一眼，問：「為什麼心情不好？」

「因為……因為……」朱顏說了一句便停頓半晌，聲音有點發抖。「你知道嗎？我最喜歡的那個人，他死了！」

「你說的是那個鮫人嗎？」那個孩子終於轉過頭來看著她，眼神變幻，有些吃驚地問：「他……他死了？」

「是啊。」朱顏咬牙點了點頭，終於哭出來。

這一次她沒有作假，是真的哭得痛徹心扉，一時間停不下來。蘇摩怔怔看著她哭泣的樣子，臉上露出不知所措的表情，彷彿有點驚訝，又有點畏懼，手臂動了一動，摸了摸她的肩膀，卻又放下。

孩子似乎也不知道說什麼好，許久才開口，聲音細細地說：「最喜歡的人死了？那應該真的會很難過吧……就像……就像我阿娘死了一樣，會讓人覺得……雖然這世上那麼大，以後卻只能自己一個人活著。」

這句話簡直是直插心肺地痛，那一刻，朱顏再也忍不住，放聲大哭起來。

孩子看著她，終於遲疑地伸出小手，摸了摸她的頭髮，口裡輕聲道：「好了……不要哭了。」頓了頓，看她還是哭得傷心，他便從盒子裡拿出一顆康康果，剝開糖紙塞過來。「吃吧。」

她捏在手裡，哭得上氣不接下氣。孩子拿起手絹，小心替她擦去滿臉的血淚，眼神裡的陰鷙和猜疑完全不見了，嘴裡輕輕念著：「好了好了，不要哭了。妳是大人了啊……怎麼還能哭成這樣呢？」

朱顏沒有理睬，只管放聲大哭，這一哭便哭了半個時辰。直到她好不容易哭得沒有力氣了，那個孩子才放下手絹，俯身將漆雕八寶盒推過來說：「吃點東西吧，不然妳連哭都沒力氣。」

朱顏嗚咽著，將那顆康康果吞下去，接著一口氣吃了十幾顆糖。

「慢點……慢點。」蘇摩拍著她的後背，低聲勸道，又從地上撿起那本小冊子放在她面前。「別亂扔，這東西丟了被撿走就麻煩了。」

朱顏擦著眼淚，看了他一眼問：「你看過了？」

蘇摩沒有否認，只是點了點頭。

「看得懂嗎？」她問。

孩子點了點頭，想了一下又搖頭。

「上面是空桑上古的文字，你估計看不懂。回頭我翻譯出來講給你聽。」朱顏嘆了口氣，聲音因為一場痛哭而有些嘶啞。「等學會了這些，以後天下再也沒人敢欺負你。」

「真的嗎？」蘇摩一喜，然而眼神瞬間又黯淡，遲疑地問：「我是鮫人……學你們的東西，妳師父會同意嗎？」

她愣了一下，一想到師父，心裡有一股怒火衝上來，令她脫口：「才不管！這個傢伙殺了淵，我和他勢不兩立！他再也不是我的師父！」

蘇摩愣了一下，忽地明白過來：「妳喜歡的人，難道是被妳師父殺了嗎？」

朱顏點頭，眼神黯淡下去，用力咬著嘴唇才咽下淚水，沉默了片刻，啞聲道：「我……我會替他報仇的！」說到最後一個字的時候，她已經語帶哭音，惡狠狠地道：「我一定會替他報仇！」

那個孩子看著她，忽然抬起細小的手臂，輕輕擁抱她一下。

這一場傷，令她足足在榻上休養一個月。

在這足不出戶的一個月裡，朱顏覺得自己如同一隻被困在牢籠裡的鳥，無比低落和煩悶，偶爾興致剛剛略微好一點，只要一想起師父的絕情和淵的死，心情便立刻跌落到谷底。心情一差，脾氣便跟著變壞，連盛嬤嬤在內的所有人都被她罵了一遍，漸漸地，侍女們都不敢再到她的跟前來。

只有蘇摩，還是每天來房間裡陪伴她。

大部分時間，這個孩子並不說話，只是沉默地陪她坐著。她打起精神，把裡面難懂的上古蝌蚪文翻成空桑文，再耐心地講給這個孩子聽，同時自己也在心裡溫習默誦了一遍。就這樣，在短短的一個多月內，她竟然將手札上的所有術法都學會了。雖然有些還不能徹底領會，但已經大致順過了一遍。

當冊子翻到最後一頁時，她忽然有一種空洞的感覺。

是的……缺了最後一頁，學什麼都是沒用。

那個沉默寡言的孩子陪伴她挨過這一段生不如死的日子。很顯然，從小孤僻的他，此生從未和其他人建立過太深的聯繫，不擅長言辭，也不知道該怎麼安慰她，每天只是不說話地陪伴在她身邊，低下頭認認真真地翻閱手裡的冊子。

終於有一天，翻到最後，他忍不住指著被撕掉的那一頁，好奇地問她：「這上面，本來寫的是什麼？」

「星魂血誓。」朱顏看著那缺失的一頁，低聲解釋。「最高等的禁忌血咒，可以逆生死、肉白骨，轉移星辰。可是師父竟然把它撕掉了……」說到這裡她又生氣起來，咬著牙說：「他一定是知道會有今天，才故意這麼做！真是老奸巨猾！」

那個孩子沒有說話，只是看著星魂血誓的釋義，許久才輕聲道：「即便妳學會星魂血誓，也救不了喜歡的那個人啊。」孩子抬起頭看著她，「這個術法只對空桑人起作用吧？鮫人沒有魂，又怎麼能夠靠著這個術法復生呢？」

那一瞬間，朱顏竟然愣住了。

是的，鮫人和陸地上的人類不同，沒有三魂七魄。他們來自大海，死後也不會去黃泉轉生，只會化成潔淨的雲升到天上，然後再成為雨水回到大海，進入永恆的安眠。既然沒有魂魄，星魂血誓又怎能對他們有效？

這是最簡單的道理，她本該一想就明白，可是，在急痛攻心的情況下，她竟然一直沒有想通這一層。

那一瞬，她只覺得心裡湧出無窮無盡的絕望，整個人頓時委靡下去。

「是啊……你說得沒錯，無論如何我都救不了淵。」她聲音有些發抖，頓了頓喃喃道：「所以……所以，我只能去找師父報仇了？」

說出這句話的時候，她心裡驟然揪緊，幾乎有哭音。
那個孩子在一旁靜靜看著她，眉頭蹙起，小臉上也有擔憂的神色。
「你師父很厲害，妳打不過他的。」他說：「妳教我，我幫妳打。」
那一瞬，朱顏心中一震，忍不住掉下眼淚。

第十九章　師徒之緣

自從在星海雲庭受了重傷，朱顏在赤王府裡躺了一個多月才漸漸恢復元氣。等她開始飲食，恢復了一點氣色，赤王府上下無不歡慶。

她重傷初癒，平日裡只能和蘇摩在房間裡切磋一下術法、聊聊天，直到五月初才下地行走，第一次回到庭院裡。

外面日光明麗、晴空高遠，令臥床已久的人精神一振。

「啊……菡萏都蓄起花蕾了？這麼快？」朱顏呼吸著久違的新鮮空氣，看到池塘裡的花不由得有些吃驚；再轉過頭去，發現牆角的一架荼蘼也已經開到最盛處，顯現凋敗的跡象。那一刻，她忽地想起那一句詩——

最是人間留不住，朱顏辭鏡花辭樹。

回憶起來，這一年的時間，似乎過得分外快呢……不過短短數月，世事更迭、變亂驟起，她一直平順的人生大起大落，在半年裡經歷了無數之前從未想過的事。現在站在葉城溫暖和煦的春風裡，回想初嫁蘇薩哈魯的那天，師父打著傘從雪夜裡向她走來的樣子，竟恍然像是前世發生的事情，如此遙遠，恍如夢幻。

——師父他……他把淵給殺了！

她曾經是那麼地依賴他、信任他，可是，他毫不留情地摧毀了她的一切。大病初癒後，朱顏怔怔站在庭院裡望著暮春的晴空，心裡恍恍惚惚、空空蕩蕩，覺得一切似乎都是假的，就像是作了一場夢。

……真希望這都是一場夢啊，醒來什麼事都沒有，那就好了。可是，這一切雖然殘酷，卻都是真的！淵死了……她要為他報仇！

朱顏一想到這裡，胸口血氣上湧，變了臉色。是的，既然她要為淵報仇，便不能什麼也不做地坐以待斃。以她現在的微末本事，師父一隻手便能捏死她，如果不抓緊時間日夜修練，此生此世是沒有報仇的指望。

她支開盛嬤嬤和所有侍女，獨自走到花園最深處人跡罕至的迴廊，站住身，打量一下周圍的環境。這裡是個九曲迴廊，周圍翠竹環繞，沒有人居住，安靜而偏僻，倒是很適合修練。

朱顏剛走到石台上，雙手虛合，忽然間覺得身後有一雙眼睛。

「誰？」她驟然回身，看到藏在假山後的那個鮫人孩子。

蘇摩沒有和其他人一起離開，依舊跟著她來到這裡，遠遠地看著。

「怎麼了？」她忍不住皺了皺眉頭，「你是怕我有什麼事嗎？放心，我還要為淵報仇呢，現在要好好修練，可不會想不開。」

那個孩子沉默著，卻不肯離去。

朱顏想了一想，招了招手，讓那個孩子過來。「哎，你不是想要學術法嗎？先看看我怎麼練，如何？」

「在這裡？」蘇摩愣了一下，眼裡露出一絲光芒。

「嗯。你坐去那邊的走廊底下，免得被傷到。」朱顏指了指不遠處的長凳，讓蘇摩避開一點，然後便退入天井，在中心站定。那個孩子在遠處乖乖地坐下，靜默地看著她，湛碧色的眼睛裡出現一絲罕見的好奇。

天高氣爽，朱顏沐浴在傾瀉而下的日光裡，微微閉上眼睛，將雙手在眉間虛攏。那一瞬間，她心裡的另一隻眼睛睜開來，凝視著天和地。

她緩緩將雙手前移展開，十指微微動了動。

忽然間，落了一地的荼蘼簌簌而動，竟然一朵一朵從地上飛起來，排列成一條線，飄浮到她的掌心上。

「啊？」那個鮫人孩子坐在廊下，眼睛一亮。

「看！」朱顏抬起手，對著掌心輕輕吹一口氣。只聽「唰」的一聲，那些凋落的花朵忽然間如同被春風吹拂，瞬間重返枝頭，盈盈怒放。

「啊！」蘇摩再也忍不住，脫口驚呼起來。

「這只是最基本的入門功夫。」朱顏拍了拍手，對一旁的孩子解釋道：「提升個人的靈力固然必要，可是人生不過百年，即便一生下來就開始修練，又能攢下多少力量呢？所以，最重要的是控制六合之中五行萬物的力量，為自己所用。知道嗎？」

「嗯。」那個孩子似懂非懂地點著頭，忽然開口：「可是……我們鮫人可不只有百年啊，我們能活一千年呢。」

朱顏被他噎了一下，忍不住白了這孩子一眼：「好吧，我是說空桑人！我教你的是空桑術法好不好？」

蘇摩努力理解她的話，又問：「六合五行？那又是什麼？」

「金、木、水、火、土謂之五行，東、南、西、北、天、地謂之六合。在它們中間，有著無窮無盡的力量在流轉，凡人只要能借用到萬分之一便已是不得了。」朱顏盡量想說得直白淺顯，然而顯然並沒有昔年師父那麼大的耐心，雙手再一拍道：「落花返枝算什麼，我再給你看一個厲害的！」

她手腕一翻，十指迅速結出一個印，掌心向上。不到片刻，頭頂的萬里晴空中，驟然憑空出現一朵雲。

那朵雲不知是從何處招來的，孤零零地飄著，一路逶迤，不情不願，似乎是被一根無形的線強行拖來，停在庭院的上空，幾經掙扎扭曲，最後還是顫巍巍地不能動。

「啊？這雲……是妳弄來的嗎？」蘇摩忍不住輕聲驚呼。

「我從碧落海上抓了一朵最近的。」她帶著一絲得意道，卻微微有些氣喘，顯然這個術法已經頗耗靈力。「你看，操縱落花返回枝頭，只是方圓一丈之內的事。力量越大的修行者，所能控制的半徑範圍也越大。」

「那最大的範圍能有多大？」孩子的眼睛裡有亮光，驚奇不已。「有……有整個雲荒那麼大嗎？」

朱顏想了一下，點了點頭說：「有。」

「啊……」孩子情不自禁地發出一聲驚嘆，「這麼厲害！」

「當你修練到最高階位的時候，五行相生、六合相應，便能借用這天下所有的力量為自己所用。」她微微提高了聲音，抬起手，指著天空那一朵雲。「你是鮫人，天生可以操縱水的力量。只要你好好修練，到時候不但可以呼風喚雨，甚至還能控制整個七海為你所用呢。」

蘇摩「啊」了一聲，小臉上露出吃驚和憧憬的表情。

她默默念動咒術，在雙手之間凝聚起力量，飛速變換手勢。萬里晴空之上，那小小的一團雲被她操控著，隨著她手勢的變化，在天空裡變出各種各樣的形狀：一會兒是奔馬、一會兒是駱駝、一會兒是風帆，如同一團被揉捏著的棉花。

「啊……」鮫人孩子在廊下看得目瞪口呆，說不出話來。

「看，竹雞！」最後，朱顏把那朵雲搓揉成她剛吃完的竹雞形狀，不無得意地抬起手指著天空。「怎麼樣？我捏得像吧？」

蘇摩嘴角一動，似是忍住一個笑，哼了一聲：「明明是一隻……肥鵝。」

「胡說八道！」朱顏剛要說什麼，忽然頭頂便是一暗。

頭頂那朵飽受蹂躪的雲，似乎終於受不了折磨，驟然變暗。烏雲蓋頂，雲中有傾盆大雨轟然而下，雨勢之大，簡直如同水桶直接潑下來。

朱顏站在中庭，壓根兒來不及躲避就被淋成落湯雞。

「哈哈哈哈！」

她濕淋淋地站在雨裡發呆，卻聽到蘇摩在廊下放聲大笑。

「笑什麼！」她本來想發火，然而一轉頭忽地又愣住。這麼多日子以來，還是第一次聽到這個孩子放聲大笑吧？這個陰鬱孤僻的鮫人孩子以前不知道受了多少折磨，眼神裡總是帶著無形的戒備和敵視，渾身是刺。然而這一笑簡直如同雲破日出，璀璨無比，令人心神為之一奪。

朱顏看在眼裡，滿腹的怒氣便散去了。

「沒良心的，我還不是為了教你？」她嘀咕一聲，抹了抹滿頭的雨水，等回過神抬起頭來，那朵號啕大哭的烏雲早就飛也似地逃得不見蹤影。

「給。」蘇摩跳下地來，遞來一塊手巾。孩子的眼睛裡閃著亮光，彷彿有人在他小小的心裡點起一盞燈。他抬頭看著她，語氣都變得有些激動：「這些……這些東西，妳……妳真的打算都教給我嗎？我學了以後真的可以控制七海？」

「叫我一聲姊姊。」她刮一下小鮫人的鼻子，「叫了我就教給你。」

蘇摩有些不高興地說：「我都七十二歲了，明明比妳老。」

「不願意就算了。」朱顏哼了一聲，「那我走了。」

當她扭過頭去裝作要離開的時候，那個孩子的嘴角動了動，卻沒有發聲，似乎有無形的力量在他心裡設下一個牢籠，將什麼東西給死死地關了進去，無法釋放。

「哎，真的不肯啊？」她裝模作樣地走到迴廊盡頭，眼看他不動又飄了回來，沒好氣地瞪他一眼。「臭脾氣的小兔崽子！」

蘇摩站在那裡，嘴唇翕動一下，嘴形似乎是叫了一聲姊姊，聲音卻怎麼也發不出來。朱顏嘆一口氣，但也不好再為難他，便戳了戳他的額頭道：「好、好，教你啦。今天我先給你看一遍所有的術法，讓你大概有個瞭解，然後明天再選擇你最感興趣的入門，好不好？」

「好！」蘇摩用力地點頭，兩眼放光。

朱顏用手巾草草擦了一把頭臉，重新回到庭院裡，開始演練從師父那個手札上剛學會的術法。從最簡單的紙鶴傳書、圓光見影，到略難一點的水鏡、惑心，到更難的定影、金湯、落日箭，一個一個施展開來。

或許是這些日子真的突飛猛進，或許是來不及救淵的記憶令她刻骨銘心，這一次，那麼多那麼複雜的咒術，她居然一個也沒有記錯，飛快地畫著符咒，瞬間就從頭到尾演練了一遍。到最後，便輪到最艱深的防禦之術：千樹。

當她結印完畢，單手按住地面，瞬間無數棵大樹破土而出，小小的庭院轉瞬成了一片森林。

蘇摩在一旁定定地看著這一切，小臉上露出目眩神迷的表情。這個來自大海深處的鮫人孩子似乎第一次感受到天地間澎湃洶湧的力量，為這些術法所震懾，久久不語。

「怎麼樣，我厲害吧？」她擦了擦額角的微汗，無不得意地問。

「嗯！」蘇摩看著她，用力地點了點頭，眼裡露出由衷的敬佩。

「來，我教你。」她將所有術法演練過一遍後也覺得疲累無比，便拉過他，將師父給她的那一卷手札拿出來翻開。「我們從最基本的五行生剋開始……」

蘇摩非常認真地聽著，一絲不苟地學習，甚至拿出筆將手札上那些上古的蝌蚪文用空桑文重新默寫一遍，方便背誦。

然而奇怪的是，這個孩子看起來聰明無比，學起術法卻是十分遲鈍，任憑她耐著性子一遍又一遍地複述，他居然什麼都記不住，半天下來，就連最簡單的七字口訣都背不下來。

蘇摩彷彿也有些意外，到最後只是茫然看著那一卷手札，湛碧色的眸子都空洞了。

「沒事，剛開始學的時候都會慢一點。」朱顏強自按捺住不耐煩，對那個孩子道：「我們先去吃晚飯吧……等明天再繼續。」

然而，到了第二天、第三天，無論朱顏怎麼教，蘇摩卻始終連第一個口訣都記不住。

「喂！你到底有沒有在聽啊？」朱顏性格急躁，終於不耐煩起來，劈頭就打了他一個爆栗子。「那麼簡單的東西，就七個字，連鸚鵡都學會了，你怎麼可能還記不住？」

孩子沒有避開她的手，任憑她打，咬緊了牙關，忽然道：「可是，我……我就是記不住！這上面的字……好像都在動。」

「什麼？」朱顏愣了一下。

「不知道為什麼……我就是記不住！」蘇摩低下頭看著手札第一頁，眼裡流露出一種挫敗感，喃喃道：「那些字，我一眼看過去清清楚楚，可到了腦子裡，立刻變成一片空白。就好像……就好像有什麼東西擋住了一樣。」

朱顏越聽越是皺眉，不由得點著他的額頭，怒罵：「怎麼可能？才七個字而已！你們鮫人是不是因為發育得慢，小時候都特別蠢啊？」

蘇摩猛然顫了一下，抬頭瞪她一眼。

朱顏愣了一下，下意識地閉上嘴。這個孩子大概由於童年時遭受過太多的非人折磨，心理非常脆弱，只要一句話就能令他的眼睛從澄澈返回陰暗。真是養不熟的狼崽子……

「唉，算了，我怕了你。」她嘀咕一聲，「你自己練吧。」

她扔下那個孩子，自顧自進了庭院。侍女戰戰兢兢地跟在她後面，不敢湊得太近，生怕這個小祖宗忽然又翻臉鬧脾氣。

外頭傳來一陣喧鬧聲，似是管家在迎送什麼賓客。

「誰啊？」她順口問。

盛嬤嬤在一旁笑道：「大概是總督大人又派人來問安了。」

「白風麟？」朱顏怔了一下，「他來幹什麼？」

「郡主昏迷的這段日子，總督大人可是親自來了好幾趟，每次都送了許多名貴的藥材補品……哎呀呀，郡主就是活一百年也用不了那麼多啊。」盛嬤嬤笑了起來，臉皺成一朵菊花。「最近幾天大概是外面局勢緊張，他忙不過來，所以才沒親自來探望，但還是每日都派人送東西過來。」

「他怎麼忽然那麼巴結？」她心裡「咯噔」了一下，覺得有些不舒服，嘀咕：「無事獻殷勤，非奸即盜。」

盛嬤嬤笑咪咪地看著出落成一朵花的赤族小郡主。「窈窕淑女，君子好逑。郡主那麼漂亮的女孩兒，自然每個男人都想獻殷勤……」

「哼，我在葉城出事受了傷，他一定是擔心我會轉頭在父王面前告他的狀，所以才來百般討好。」朱顏卻是想得簡單，冷哼一聲，忽然想起一件事，不由得轉頭問：「對了，我父王呢？我病了那麼久，他怎麼都沒來看我？」

「王爺他……」盛嬤嬤愣了一下。

「我父王怎麼了？」朱顏雖是大大剌剌，心思卻是極細，一瞬間立刻覺得有什麼不對，瞪著眼睛看住了盛嬤嬤。「他到底怎麼了？為什麼一到葉城就把我扔在這裡，那麼久沒來看我？」

盛嬤嬤咳了一聲道：「王爺其實是來過的。」

「啊？」她不由得吃了一驚，「什麼時候？」

「就是郡主受傷回來後的第三天。」盛嬤嬤道：「那時候大神官把郡主送回來，同時也通知了在帝都的王爺趕來。」

「真的？」朱顏一時有點反應不過來，「那……父王呢？」

「王爺在病榻前守了一天，看到郡主身體無虞之後，便匆匆起身離開。」盛嬤嬤有些尷尬地道：「說是在帝都還有要事要辦，不能在這裡耽擱太久。」

「什麼？」她有點愣住了，一下子說不出話。

父王雖然是霹靂火般的火爆脾氣，從小對自己的寵愛卻是無與倫比。她有一次從馬上摔下來，只不過扭傷腳，他就急得兩天吃不下飯。這次她受了重傷，父王居然不等她醒來就離開？到底是什麼天塌下來的大事，才能讓他這樣連片刻都等不得？

朱顏心裡不安，思量了半日想不出個頭緒來，不由得漸漸急躁起來。

「到底有什麼急事！」她一跺腳，再也忍不得，轉頭便衝出去，直接找上管家，劈手一把揪住問：「快說！我父王為什麼又去了帝都？那邊到底發生什麼事情？為什麼他這麼急？」

「這……」管家正在清點一堆總督府送來的賀禮，一下子被揪起來，不由得變了臉色。「郡主，這個屬下也不知道呀！」

「胡說！」朱顏卻不是那麼好矇騙，對著他怒喝：「你是父王的心腹，父王就算對誰都不交代，難道還不跟你交代幾句？快說！他去帝都幹什麼？」

「這……」管家滿臉為難，「王爺叮囑過，這事誰都不能說。哪怕是郡主殺了屬下，屬下也是不敢說的。」

聽到這種大義凜然的話，朱顏氣得揚起手，就想給這人來一下。旁邊盛嬤嬤連忙驚呼著上前拉開，連聲道：「我的小祖宗啊……妳身體剛剛好，這又是要做什麼？快放開、快放開……」

朱顏看了管家一眼，冷笑一聲，竟然真的放下手。當所有人都鬆一口氣時，她卻驟然伸出手，快得如同閃電一般點住管家的眉心。

她的指尖有一點光，透入毫無防備的管家眉心。

那是讀心術——只是一瞬間，她便侵入這個守口如瓶的忠僕內心，將所有想要知道的祕密直接提取出來。

「郡主！」盛嬤嬤不知道發生什麼事，連忙撲過來將兩人分開，死死地拉住她的手。「妳在做什麼？天……妳、妳把管家弄暈過去了！」

然而那一剎那朱顏已經洞察一切，往後連退兩步大叫：「什麼！」

當她的手指離開時，對面的管家隨即倒下去，面如紙色。然而朱顏完全顧不上這些，只是站在那裡發呆。她忽然間一跺腳，轉頭便往裡走去。

「郡主……郡主！」盛嬤嬤扶起管家，用力掐人中喚醒他，那邊卻看到朱顏衝進房間，隨便捲起一些行李便匆匆往外走，她不由得吃了一驚，連忙趕上來，一迭聲叫苦：「我的小祖宗啊！妳這又是要做什麼？」

「去帝都！」朱顏咬著牙。

盛嬤嬤懵了：「去帝都？幹嘛？」

「去阻止父王那個渾蛋！我再不去，他……他就要把我賣了！」她恨恨道，幾乎哭出聲來。是的，剛才她從管家的腦海裡直接提取出父王說過的話，一句一句，如同親耳聽見——

『既然阿顏沒有大事，我就先回帝都了，白王還在等我呢。那邊事情緊急，可千萬耽擱不得。你替我好好看著阿顏，不要再出什麼岔子。』

『王爺密會白王，莫非是要兩族結盟？』

『不錯，白王提出聯姻，我得趕著過去和他見面。這門婚事一成，不但我族重振聲望，阿顏也會嫁得一個好夫婿，我也就放心了。』

她只聽一遍，便冷徹了心肺。

什麼？她的上一個夫君剛死沒幾個月，父王居然又謀劃著把她嫁出去！他……他這是把親生女兒當成什麼？

朱顏氣得渾身發抖，牽了馬就往外走。

她得去阻止父王做這種蠢事。他要是執意再把她嫁出去，她就和他斷絕父女關係！然後浪跡天涯，再也不回王府！

然而，她剛要翻身上馬，看到跟在後面的瘦小孩，愣了一下，皺著眉頭不耐煩地道：「蘇摩，怎麼了？你就好好待在這裡吧，別跟來了。」

那個孩子卻搖搖頭，拉住她的轡繩，眼神固執地說：「我跟妳去。」

「哎，你跟著來湊什麼熱鬧？別添亂了。」朱顏心情不好，有些急躁起來，便用馬鞭撥開他的手，嘴裡道：「我只是要出去辦點要緊事而已，你就不能聽話一點嗎？」

「不。」那孩子也是倔強，怎麼都不肯放手。仔細看去，孩子眼睛深處其實隱藏著深深的恐懼和猜疑，然而著急要走的赤族郡主並沒有注意到，只是氣急地說：「放手！再不放我抽了你啊！」

可是蘇摩死死地拉住她的馬轡，還是怎麼也不肯放手。

「我真的打你了啊！」她氣壞了，手裡的馬鞭高高揚起，「唰」地抽了他的手一下。那一下並不重，只是為了嚇嚇這個死纏著她不放的孩子，然而那一刻蘇摩瞬地顫抖一下，眼神忽地變了。

「妳打我？」那個孩子有些不敢相信地看著手背上那一道鞭痕，又抬頭看了她一眼。朱顏被他的眼神刺了一下，然而在氣頭上沒有立刻示弱，怒道：「誰讓你不肯放手？自己找打！」

蘇摩忽地放開手，往後退了一步，死死看著她。

「哎呀呀，我的小祖宗，你們鬧什麼呢？」盛嬤嬤趁著這個空檔追上來，攔住了馬頭，苦著一張老臉迭聲道：「快下馬吧！別鬧了，如今外面到處都戒嚴，妳還想跑哪兒去？」

「戒嚴？」朱顏愣了一下，「為什麼？」

「還不是因為前日星海雲庭的事！真是沒想到，那裡居然是復國軍的據點，窩藏了那麼多逆賊！」盛嬤嬤一拍大腿，露出不敢相信的表情。「如今總督大人派人查抄了星海雲庭，並且封鎖全城，正在挨家挨戶地搜捕復國軍餘黨呢！」

她聽得一驚，不由得脫口：「真的嗎？」

「當然是真的！」盛嬤嬤拉住轡繩，苦口婆心地勸告：「外面如今正在戒嚴，沒有總督大人的親筆手令，誰也不許出城，妳又怎麼可能出去？」

朱顏愣了一下，臉上的神色凝重起來。

淵本來是復國軍的左權使，如今已經被師父所殺。那麼說來，鮫人目下正是群龍無首的時候，白風麟借此機會調動軍隊全城搜捕，鮫人面臨的形勢只怕更加嚴峻——她一想到這裡，心裡便是沉甸甸的，滿是憂慮。

是的，她還是得出門一趟，順便查探一下外面的情況。

朱顏二話不說地推開盛嬤嬤的手。「無論如何，我還是要去一趟！」

「哎喲，我的小祖宗啊！」盛嬤嬤一迭聲地叫苦：「妳這是要我的命啊！」

「放心，我會先去總督府問白風麟要出城的手令，不會亂來。」朱顏頓了頓，安慰嬤嬤一句，又指了指一邊的蘇摩說：「你們在府裡，替我看好這個小兔崽子就行了。」

「不！我不要一個人在這裡……」那個孩子卻叫了起來，看了看周圍，聲音裡有一絲恐懼。「這裡……這裡全是空桑人！」

「放心，他們不會虐待你。我只是去辦一件事，馬上回來。」她想了想，從懷裡拿出一本手札，扔到蘇摩的懷裡。「喏，我把手札全部都翻譯成空桑文了，你應該看得懂，有什麼不懂的等我回來再問。記著不要給別人看。」

然而蘇摩只是站在那裡，看著她不說話。這個孤僻瘦小的孩子，表情卻經常像是飽經滄桑的大人。

街上還是如同平日一樣，熱鬧繁華，並不見太多異常。只是一眼掃過去，熙熙攘攘的人群裡果然再也見不到一個鮫人。朱顏策馬在大街上疾奔，每個路口都看到空桑戰士駐守，正在挨個盤查行人，更有許多戰士在挨家挨戶地敲門搜索，竟是一戶也不曾落下。

靠著腰間赤王府的權杖，她一路順利地過了許多關卡，滿心焦急地往總督府飛馳而去。然而，在一個路口前，她眼角瞥見什麼，忽然勒馬停住，抬頭看向牆上。

那裡貼著幾張告示，上面畫著一些人像，是通緝令。

迎面一張就畫著她熟悉的臉，下面寫著：「復國軍左權使，止淵。擒獲者賞三千金銖，擊斃者賞兩千金銖，出首者賞一千金銖。」

「什麼？」朱顏吃了一驚，忍不住轉頭問旁邊的士兵：「這……這個左權使，不是死了嗎？怎麼還在通緝？」

「哪裡啊，明明還活著呢。」士兵搖頭，「如果真的死了，葉城哪裡會被他攪得天翻地覆？」

「什麼？」朱顏全身一震，一把將那個士兵抓過來。「真的活著？」

「當……當然是真的啊！」士兵被嚇了一跳。

她只覺得雙手發抖，眼前一陣發白，二話不說，扔掉了那個快要喘不過氣來的士兵，一把將牆上貼著的通緝令撕下來，策馬就向著總督府狂奔而去。

淵……淵還活著！他、他難道從師父的天誅之下活下來了嗎？

怎麼可能！師父的天誅之下，從未有活口！

「郡……郡主？」正好是白風麟的心腹福全在門口當值，一眼便認出她，驚得失聲，連忙迎上去。「您怎麼來了？小的剛剛還去府上替大人送了補品呢！不是說郡主您還在臥病嗎？怎麼現在……」

「白風麟在嗎？」朱顏跳下馬，將鞭子扔給門口的小廝，直接便往裡闖。

「郡主留步……郡主留步！」直到她幾乎闖進內室，福全才勉強攔住她，賠著笑臉道：「總督大人不在，一早就出去了。」

「怎麼會不在！」她一怔，不由得跺腳。「去哪裡了？」

「星海雲庭鬧出那麼大的事，總督這些日子都忙著圍剿復國軍，很少在府邸裡。」福全知道這個郡主脾氣火爆，因此說話格外低聲下氣。「今天帝都派來驍騎軍幫助平叛，總督一早就去迎接青罡將軍了。」

「那好，我問你也一樣。」朱顏也不多說，一把將那張通緝令扔到他的懷裡問：「這上面說的是真的嗎？」

「什……什麼？」福全愣了一下，展開那張通緝令看了看，滿懷狐疑地喃喃道：「沒錯。這上面的人，的確是叛軍逆首。」

「我不是說這個！」她皺眉，「這通緝令上的人，如今還活著嗎？」

福全一時間沒明白她為什麼這麼問，又看了一眼通緝令，點了點頭，口裡賠笑：「自然是還活著。這個逆黨首領三天前還帶著人衝進葉城水牢，殺傷上百個人，劫走幾十個復國軍的俘虜呢……」

「真的？」朱顏脫口道，只覺得身子晃了一晃。

「當然是真的。郡主為何有這一問？」福全有些詫異，看著她的臉色問：「莫非郡主有這個逆首的下落？」

她沒有回答，只是慢慢地摸索著找到一張椅子坐下來，長長地鬆一口氣。沉默了片刻後，她忽然失聲笑起來。

「郡……郡主？」福全愣住了。她笑什麼？

「哈哈哈……」她仰頭笑了起來，只覺得一下子豁然開朗，神清氣爽，心裡沉甸甸壓了多日的重擔瞬間不見，笑得暢快無比。「還活著……還活著！太好了！居然還活著！」

福全在一旁不知該說什麼，滿頭霧水地看著這個赤王的千金坐在那兒，一邊念叨一邊笑得像個傻瓜。

「太好了！淵……淵他還活著！」

隔著一道深深的垂簾，內堂有人在靜靜地聽著她笑。

「咕。」身邊白色的鳥低低叫了一聲，抬眼看了看他的臉色，有些擔憂畏懼之色。然而時影坐在葉城總督府的最深處，聽著一牆之隔那熟悉的銀鈴般笑聲，面色卻沉靜如水，沒有絲毫波瀾。

她笑得這樣歡暢、這樣開心，如同一串銀鈴在簷角響起，一路搖上雲天，聽得人心裡也明亮爽朗起來。想必這一個多月的時間裡，她也經受了不少折磨和煎熬吧？所以在壓力盡釋的這一刻，才會這樣歡笑。

原來，在她的心裡，竟是真的把那個鮫人看得比什麼都重。

「不過……為什麼師父要瞞著我？還說等著我找他報仇？」笑了一陣子，朱顏才想到這個問題，嘀咕了一聲，有些不解。「淵要是沒死，我遲早會知道的呀，他為什麼要故意那麼說？」

簾幕後，時影微微低下頭，看著手裡的玉簡，面無表情。重明抬起四顆眼睛看了他一眼，卻是一副洞察的模樣。

「算了……師父一向冷著臉，話又少，估計是懶得向我說這些吧？」外頭朱顏又嘀咕了一聲。「讓淵跑了，他大概也覺得很丟臉，所以不肯說？真是死要面子啊……」

重明「咕嚕」了一聲，翻起四顆怪眼看了看身邊的人，用喙子推了推他的手——你看你看，人家都想到哪兒去了？心裡的想法若是不說出來，以那個死丫頭的粗枝大葉，恐怕下輩子都未必能明白你的心意吧。

然而時影袖子一拂，將嘀嘀咕咕的神鳥甩到一邊，冷著臉不說話。

外面，朱顏嘀咕了幾句，沒想明白是怎麼回事，又覺得有點僥倖，拍了拍胸口，鬆了口氣說：「太好了！既然淵沒死，我也就不用找師父報仇！哎，說句老實話，我一想起要和師父打，真是腿都軟了。」

「啊？」福全在一旁聽她笑著自言自語，滿頭霧水。

簾幕後，重明聽得搖了搖頭，眼裡露出嘲諷。

「本來想著就算我打不過，被師父殺了也是好的。」朱顏搖了搖頭，嘆了口氣。「現在好像不用死了。」

她最後一句極輕極輕，簾幕後的人卻猛然一震。

「啊？郡主還有個師父？」福全聽得沒頭沒尾，只能賠笑著，勉強想接住話題。「一定是個了不起的人物吧？」

「那是。」朱顏笑了起來，滿懷自豪。「我師父是這個雲荒最厲害的人了！」

簾幕後，時影的手指在玉簡上慢慢握緊，還是沒有說話。

「唉。」朱顏在外面又嘆了口氣，不知道又想起什麼，憂心忡忡。「不過等下次再見到，他一定又要打我。我這次捅的婁子可大了。」

是啊，誰教她那天氣昏了頭，竟嚷著要為淵報仇、要殺了師父？對了，還有她以前隨口奉承的謊話也被他戳穿。天啊……當時沒覺得，現在回憶起來，那時候師父的表情真是可怕。

她怔怔地想著，不由得打了個寒顫。

算了，既然師父沒殺淵，那就沒什麼事情。她就不用找他報仇，也不用你死我活……最多挨幾頓打，接著軟磨硬泡一下，估計師父也就和以前一樣原諒自己。

她滿心愉悅地站起來，一伸手將那張通緝令拿回來，對福全道：「哎，沒事了。對了，等白風麟回來，你跟他說，我要去帝都一趟，想問他要個出城的手令。回頭讓他弄好了，我明天再來拿。」

她說得直截了當，只當統領葉城的總督是個普通人一般呼來喝去。

「郡主要出城？」福全有些詫異，但不敢質問，只能連聲應承。「好，等總督大人回來，屬下一定稟告！」

「嗯，謝謝啦。」朱顏心情好，笑咪咪地轉過身。

她轉過身準備離去，外面暮春的陽光透過窗簾，淡淡映照在她身上，讓這個少女美得如同在雲霞之中行走，明麗透亮。

眼看她就要離開，房間裡，重明用力地用喙子推了推時影的手臂，四隻眼睛骨碌碌地轉，急得嘴裡都幾乎要說出人話。然而白袍神官坐在黑暗深處，手裡緊緊握著那一枚玉簡，低下頭看著手心，依舊一言不發。

赤王的小女兒心情大好，一蹦一跳地往外走去。然而剛走到台階邊，忽然感覺背後有一道勁風襲來。

「誰？」她吃了一驚，來不及回頭，想也不想抬起手，「唰」地結出一個印。這些日子以來她的術法突飛猛進，揮手之間便已經結下「金湯之盾」，只聽「啊」的一聲，有什麼東西一頭撞上無形的結界，瞬間發出一聲重重的悶響，摔倒在地上，整個結界都顫動一下。

「啊？」她定睛一看，不由得失聲驚呼：「四……四眼鳥？」

果然，有四隻血紅色的眼睛隔著透明的結界瞪著她，骨碌碌地轉，憤怒且凶狠。剛才的一瞬間，化為雪鵰大小的重明從內室衝出，想要上去叼住她的衣角，結果卻一頭撞在結界上，幾乎整個頭都撞扁了。

「對……對不起！」朱顏連忙揮手撤去結界，將牠抱在手裡，抬起手指將重明被撞歪的喙子給挪正回來。「你怎麼會在這裡？」

神鳥憤怒地在她手背上啄了一下，痛得她忍不住叫了一聲。

「誰知道你會在這裡啊？還一聲不響就上來咬我！我這是誤傷！」朱顏憤

然嘀咕，彷彿忽地想起什麼，陡然變了臉色，脫口而出：「呀！你既然在這裡，那麼說來，師父他……他豈不是也……」

話說到一半，她就說不下去了，張大嘴巴怔怔看著房間的深處。

重門的背後，珠簾捲起，在黑暗的深處靜靜坐著一個白袍年輕男子，正無聲地看著她，眼神銳利，側臉寂靜如古井，沒有一絲表情。

師……師父！

第二十章　與君陌路

那一瞬間，她只覺得腿一軟，幾乎當場就跪下來。

如果不是重明死死扯住她的衣角，朱顏幾乎要下意識地拔腿就逃，然而在最初一刻的驚駭後，她的腦子恢復一點知覺，在臉上堆起一點諂媚的笑，咳嗽了一聲，一點一點地蹭過去，想要好好地求饒道歉。

是的，闖了禍、惹惱師父，總不能縮著頭躲一輩子吧？既然遲早要過這一關，擇日不如撞日，今日碰見不如就硬著頭皮過去求饒。

以師父以往對自己的態度，拚著挨一頓打，估計也就好了。

「啊……這位是……」作為心腹，福全自然也知道總督大人最近在深院裡接待了一位貴客，然而對方身分神祕，總督大人從不令僕從進去，此刻他也是第一次看到這位客人的模樣，不由得有些無措，不知道該不該阻攔郡主。

然而，這邊朱顏賠著笑臉剛走到房間裡，不等她想好要怎麼說，時影已經從榻上站起來，也不見抬腳，一瞬間便已來到她的面前。

「師、師父……」朱顏下意識地倒抽一口冷氣，往後退一步，背後卻靠上一堵無形的牆，再也不能退，只覺得背後一冷。師父……他要幹什麼？這樣沉著臉瞪著她，不會又要打她吧？

她嚇得心裡一跳，臉色都白了，求助似地看向旁邊的福全。然而奇怪的是，在這短短剎那間，那個近在咫尺的侍從忽然就從她的視野裡消失。

朱顏深深吸了一口冷氣，知道師父已經設下天羅地網，隔絕周圍的一切，只能無奈地收回視線。她一咬牙，猛然低下頭，「撲通」一聲雙膝跪地，用負荊請罪似的態度低頭大聲求饒：「師……師父饒命！徒兒知錯了！」

話語一出，她便屏住呼吸等待回答，心裡計算著如果師父問她「錯在哪裡」，就立刻回答：「對師尊動手、出言不遜，罪該萬死！」

然而耳邊寂靜，竟然沒有聲音。

她以為師父還在生氣，背後一冷，不敢抬頭，連忙又低著頭大聲喊了第二遍：「徒兒知錯了！求……求師父原諒！要打要罵，絕不抱怨！」

然而話音落地，一片寂靜。時影竟是仍沒有回答。

朱顏心頭撲通亂跳，感覺全身冷汗湧出，將小衣都浸濕了。她低著頭正在胡思亂想，只見眼角白影一動，心裡一喜，以為師父要伸手拉她起來。然而抬頭一看，發現那居然是重明飛上來，用喙子扯住她的衣袍拚命拉她起來。神鳥的四隻眼睛看著她，血紅色的眼瞳裡滿是焦急。

怎麼了？牠是讓自己別這麼幹嗎？師父……師父為什麼不說話？為了讓師父息怒，她一上來就行了這麼大的禮。要知道離開九嶷山後，她幾乎沒有再對任何人下跪過，哪怕是父王狂怒時要打斷她的腿，她也絕不屈服。此刻，她做出這樣大的犧牲，幾乎是拚著不要臉皮和骨氣，師父難道還不肯原諒她嗎？

朱顏小心翼翼地抬起頭，卻對上一雙沉默的眼睛。

時影站在旁邊，卻還是沒有說話，也沒有如她所預想的那樣問她「錯在哪裡」，只是沉默地看著她。那種眼神是如此陌生且鋒利，令朱顏心裡一冷，有一種莫名其妙的害怕。

糟了！師父……師父這次，看來是真的很生氣吧？

耳邊重明的咕咕聲轉為焦急，用力扯著她，想要把她拉起來。然而時影眉頭微微一皺，袖袍一拂，瞬間將這隻多管閒事的神鳥給掃到一邊，然後走近一步，對著她伸出手來，終於開口說了三個字：「還給我。」
朱顏下意識地一哆嗦，結結巴巴地問：「什……什麼還給你？」
「玉骨。」時影的聲音冰冷而平靜。
「不要！」朱顏倏地一驚，往後縮了一下，脫口說道：「你明明……明明已經送給我了！十三歲那年就送給我了！怎麼還能要回去？」
時影冷冷道：「不拿回來，難道還讓妳留著它來殺我嗎？」
「師……師父！」她震了一下，猛然間明白他眼神裡的冷意，背後瞬間全是冷汗，結結巴巴地說：「徒兒……徒兒怎麼敢呢？」
「呵，妳向來天不怕地不怕，有什麼不敢的？」時影居然冷笑一聲，語氣平靜，看了一眼她手裡拿著的通緝令，忽然問：「今日妳若是沒看到這個東西，此刻見到我，是否就要跳上來為他報仇？」
他的聲音很淡，卻如靜水深流，讓人心裡發寒。
朱顏愣了一下，竟無言以對——是的，若是淵真的死了，此刻她一看到師父，說不定怒火萬丈，早就衝上去和他拚命。可是謝天謝地，這一切不都沒有發生嗎？為啥師父老是揪著這個問題不放？

糟了，這回她得怎樣求饒，師父才肯放過她呀？

她哭喪著臉，垂頭喪氣：「我……我那天是隨口亂說的！您別當真。」

「欺師滅祖，這種話也能隨口亂說？」時影卻不動聲色，語氣依然平靜而犀利，沒有半分放鬆的跡象。「妳那時候是真的想殺了我，對吧？」

「徒兒年紀小，口無遮攔，您大人不記小人過，千萬別往心裡去。」朱顏結結巴巴地開口，努力堆起笑臉。「我哪敢和您動手啊……以徒兒那點微末的功夫，還不立刻被師父打趴到地上？」

「是嗎？」他看了她一眼，似乎立刻洞察她近日的改變，淡淡說道：「不必太過謙虛，妳進步得很快，以妳現在的能力，和我動手至少能撐一刻鐘吧……如果掌握了玉骨的真髓，甚至可以和我鬥上一場。只可惜……」

他手指微微一動，朱顏忽地覺得頭上一動，玉骨竟然「唰」的一聲從她的髮髻裡跳了出來，朝著時影的手心飛去。

「師父！」她驚呼一聲，不顧一切地撲上去，一把抓住玉骨。「不要！」

還好，她這一抓還抓住玉骨的尾巴。那根簪子在她掌心微微跳躍，似乎被一條看不見的線牽著，竭力想要掙脫。她用盡全力用兩隻手死死地握住玉骨，和那一股力量抗衡著，一時間竟然沒有辦法開口說上一句求饒的話。

然而，這一場短暫的拔河，最終還是以她的失敗告終。

當身體裡力氣枯竭的瞬間，「唰」的一聲，玉骨如同箭一樣從她掌中飛出去，回到時影的手中。簪子晶瑩剔透的尖端上還沾染了一絲殷紅，那是從她掌心飛出時割破的痕跡。

那一絲血沁入玉骨，轉眼間消失無痕。

時影低頭看著手裡的這一枝簪子，眼神複雜，沉默無語——原來，轉眼已經過去那麼多年了。

在她離開九嶷神廟的時候，他送她這一枝簪子，為她綰起一頭長髮。銅鏡裡她的眼眸清澈，神情卻懵懂，對於這個禮物的珍貴並沒有太多清晰的瞭解。

這枝簪子傳承自遠古，從白薇皇后開始，便在空桑皇后的髮上世代相傳。母親去世後，父王拿走她手指上的后土神戒，也褫奪她的身分，然而這枝簪子被保留了下來。那是母親留給他的唯一遺物。

他曾經將它鄭重託付給她，一併託付的還有心中最珍貴的東西。可是時隔多年，事過境遷，到最後，竟發現原來一切只不過是自己的一廂情願。

多麼可笑，多麼愚蠢啊……

他沒有說話，只是收回這枝簪子，在手心默默握緊，就如同握緊一顆在無聲無息中碎裂的心。

「師父！」朱顏踉蹌著跌倒在地上，看到他這樣的表情，心頭不由自主地往下沉——那種沉默，甚至比他發怒時更嚇人。

他看了她一眼，腳步一動，便想要離開。那一眼令朱顏打了個寒顫，連站起來都忘了，連滾帶爬地撲過去，在地上一把抓住他的衣角，失聲道：「師父！你……你不會就這樣不要我了吧？」

他似乎也被這句話震了一下，低下頭看著她。她倒是乖覺，不用他開口，就已猜測到他此刻忽然下定的決心。

「是我不好！千錯萬錯都是徒兒的錯！」聽到他沒有否認，朱顏心頭更加害怕，聲音都有些發抖。「您要是生氣，狠狠責打徒兒好了，我一定一聲痛都不喊！可……可千萬別這樣不要我了啊……」

時影還是沒有說話，只是往後退一步。朱顏死死抓著他的白袍下襬，怎麼也不肯鬆手，居然整個人在地上被拖得往前一步。

「放手。」他終於開了口，語氣冰冷。「拉拉扯扯，像什麼樣子！」

「不！不放！」她被拖著，在地上死死抓住他的衣服，披頭散髮，狼狽萬分，卻怎麼也不肯放開手。「師父不原諒，我就不放手！就……就是打死我，我也不起來！反正……反正你都不要我了，我活著還有什麼意思！」

剛開始她只是橫心耍賴，說到最後卻動了真感情，語氣哽咽，眼眶都紅了。時影看見她這種狼狽的樣子，眼神略微有一點點波動，但語氣依舊冷淡：「哭什麼？我可沒有這種欺師滅祖的徒弟。給我站起來！」

朱顏一向瞭解師父的脾氣，知道他心裡鬆動，連忙一邊順勢站起來一邊賠笑：「師父說哪裡的話？一日為師、終身為父，給徒兒十個膽子，也不敢欺師滅祖啊！」

「一日為師、終身為父？」時影微微一震，眼神忽然又變得森冷而嚴厲。

她心裡一個「咯噔」，不知道這話又是哪裡不對，腦子飛快轉著，剛要說什麼，卻見師父一振衣袍，眼前白光一閃，「唰」的一聲，她手裡一輕，整個人跌到地上，摔了個嘴啃泥。

她艱難地抬起頭，看到師父手裡握著的是玉骨——玉骨切過之處，衣袍下襬齊齊斷裂。朱顏握著那半截衣袍，不由得懵了一下，脫口道：「師父……你、你幹嘛？不會是要和我割袍絕交的意思吧？」頓了頓，她連忙堆起一臉的笑。「師父肯定捨不得的，是不是？」

「少給我嘻嘻哈哈！」時影看著她，語聲竟是少見的嚴厲，一字一句帶著嚴霜。「妳現在和我這麼嬉皮笑臉地說話，只不過是仗著我沒真的殺死那個鮫人而已。不要笑得太早，妳以為這件事就這麼算了嗎？告訴妳，那個鮫人，我是殺定了！」

「師父！」朱顏倒吸一口冷氣，猛然跳起來。「你說真的？」

「我什麼時候開過玩笑？」時影看著臉色煞白的弟子，冷冷道：「這些日子我吩咐葉城總督封城搜人，就是為了找他。復國軍被全數圍在城南，負隅頑抗，已經撐不了幾天。」

「什麼？白風麟封城，原來……原來是你指使的？」朱顏越聽，心越往下沉，忍不住一跺腳，失聲道：「你、你為什麼非要殺淵啊？你們兩個素不相識，到底有什麼仇、什麼怨？」

時影停頓一下，眼神複雜地變幻，最終只是冷冷回答：「止淵是復國軍的逆首，於公於私，都是必殺之人。」

「可是，師父不過是個神官而已啊！出家人不是不問國事的嗎？」朱顏一急之下忘了要委婉表達，幾乎脫口而出：「這是帝君、六王和驍騎軍才該管的事，跟你又有什麼關係？」

時影看著氣急敗壞的弟子，嘴角忽然浮現一絲冷笑問：「怎麼？妳這麼想知道原因？如果我有正當的原因，妳就不會有異議了嗎？」

「這……」朱顏遲疑一下，立刻點頭應道：「是！」

「那好，我就告訴妳，讓妳心服口服。」時影看著她，屈起第一根手指，一字一句說道：「第一，身為北冕帝的嫡長子，身負帝王之血，雲荒上的所有事情，當然都跟我有關係。」

朱顏大吃一驚，如同被雷劈了一樣，結結巴巴道：「什麼？你……你是帝君的兒子！」

沒有顧得上她的吃驚，時影只是繼續淡淡地說下去：「第二，我之所以針對復國軍，是因為我和大司命都預見到了空桑的國祚不久，大難將臨。而且那一場滅亡整個空桑的災禍，將會是由鮫人一族帶來的。」

「什……什麼？」朱顏幾乎已經說不出話，「真的假的？」

「當然是真的。」時影深深看著目瞪口呆的弟子，依舊波瀾不驚，淡淡問：「現在，妳覺得我要殺那個人，有足夠的理由了嗎？」

朱顏愣在原處，半晌沒有說話。

「真……真的嗎？」許久，她終於吃力地吐出一句話，「你……你是皇子？鮫人會讓我們亡國？會不會……會不會有什麼地方搞錯了？」

時影皺了皺眉頭。「妳是說第一個問題還是第二個？」

「兩個都是！對了！這麼說來，你娘……你娘難道是白嫣皇后？」她彷彿被踩了尾巴的貓一樣跳起來，摸了摸頭髮，失聲道：「你為什麼要瞞著我？原來如此！難怪……」她在頭頂摸了一個空，回過神來，指著他手心裡的玉骨，顫聲道：「難怪你會有這個東西！」

「我從沒打算要瞞著妳。」時影無聲地皺眉，握緊那枝簪子。「我以為妳看到玉骨就早該知道了。原來妳的遲鈍還是超出我的想像。」

朱顏被噎得說不出話來。

晶瑩剔透的簪子，如同一樹冰雪琉璃。那是遠古白薇皇后的遺物，從來只在帝都的王室裡傳承。如果師父不是帝王之血的嫡系傳人，又怎麼會有這麼珍貴的東西？那麼簡單的問題，粗枝大葉的她居然一直沒有想到。想必父王應該早就知道了吧？所以才對師父那樣敬畏有加。

可是這些大人，為什麼一直瞞著自己？

「那……那第二個問題呢？」她急急地問：「鮫人會滅亡空桑？不可能！」

時影蹙眉，語氣嚴峻：「妳覺得我會看錯？」

師父語氣一嚴肅，朱顏頓時不敢回答，然而很快又意識到如果默認這一點，基本就等於默認師父可以殺掉淵，立刻又叫嚷起來：「不可能！鮫人……鮫人怎麼可能滅亡我們空桑！他們哪裡有這個能力？」

「現在還沒有，但再過七十年就會有了。」時影的聲音冷酷而平靜。「鮫人眼下還不能成氣候，只不過是因為千百年來，始終沒有一個繼承海皇血脈的人出現，群龍無首而已。可是，他們中的皇，如今已經降臨在這個世上。」

「什麼！」朱顏愣了一下，脫口而出：「不可能！星尊大帝不是把最後一任海皇給殺了嗎？海皇的血脈早在七千年前中斷了！」

時影點了點頭說：「是的。星尊帝的確殺了最後一任海皇純煌，並且將他唯一的同胞姊妹雅燃封印在自己的地宮。但是，海皇的血脈，並沒有因此斷絕。」

「怎麼可能？」她不敢相信，「人都死光了！」

「鮫人的血脈和力量傳承，和我們陸地上的人類不一樣。」時影並沒有嘲笑她的見識淺薄，只是語氣淡淡地說道：「他們的血脈，可以在間隔了一代人，甚至幾代人之後，驟然重返這個世間。」

朱顏不可思議地睜大眼睛問：「什麼意思？」

時影這次非常有耐心地解釋下去：「海皇純煌在死之前，可以在某處留下自己的血，讓力量得以封存，並在時隔多年之後再化為肉胎著床，從而讓中斷的血脈延續下去。」

這一次朱顏沒有被繞暈，脫口道：「那……那不就是隔世生子嗎？」

「是。」時影難得地點了點頭，「妳說得很對。」

「怎麼可能！」她叫了起來，「有這種術法嗎？」

「這不是術法，是天道。」時影語氣平靜。「鮫人和人不同。造化神奇，六合之間，萬物千變萬化。我以前不是跟妳講過『六合四生』嗎？六合之間，萬物一共有四種誕生方式，妳記得是哪『四生』嗎？」

「啊……」她沒料到忽然間又被抽查功課，愣了半晌，才結結巴巴地說道：「濕生、胎生、卵生和……化生？」

她居然又猜對了。時影點了點頭說：「天地之間，螻蟻濕生、人類胎生、翼族卵生，而極少數力量強大的神靈，比如龍神，則可以化生──唯獨鮫人，既可以胎生，也可以化生。只不過能化生的鮫人非常少，除非強大如海皇。」

「什麼？」朱顏睜大眼睛問：「你是說……最後一任海皇在滅國被殺之前，祕密保存自己的血脈，再用化生之法讓後裔返回世間？」

「這就是鮫人中所謂『海皇歸來』的傳說。」時影頷首，居然全盤認可她的話。「七千年前，當星尊帝帶領大軍殺入碧落海時，純煌自知滅族大難迫在眉睫，便在迎戰前夕，將自己的一滴血保存在明珠裡，由哀塔女祭司溟火守護。海國滅亡之後，星尊帝殺了海皇，卻沒有在哀塔裡找到那位女祭司，也沒有找到那一縷血脈。」

朱顏愣了一下問：「那……當時為什麼沒有繼續找下去？」

時影沉默一會兒，似乎在斟酌是否要繼續說下去，最終還是說道：「因為，當時白薇皇后已經生完皇子，重返朝堂。她得知海國被星尊帝屠滅的消息，盛怒之下與丈夫拔劍決裂。雲荒內戰由此爆發，星尊帝已經沒有精力繼續尋覓海皇的血脈。」

「白……白薇皇后和星尊帝決裂？怎麼可能！」朱顏脫口喃喃道：「不是都說他們兩個是最恩愛的帝后嗎？《六合書》上明明說，白薇皇后是因為高齡產子，死於……對，死於難產！」

時影沉默著，沒有說話。

朱顏看到他沒有否認，不由得鬆一口氣嘀咕：「你一定是騙我的對吧？別欺負我史書念得少啊……還繞那麼大一個圈子……」

時影微微皺起眉頭，嘆了口氣：「妳錯了。後世所能看到的《六合書》，其實不過是史官按照帝君意圖修改過的贗品而已，有很多事並沒有被真實地記錄下來。」

「啊？」她愣住了，「什……什麼意思？」

「意思就是，和其他雲荒大部分人一樣，妳所知道的歷史都是假的。」九嶷山的大神官停頓一下，語音嚴厲：「唯一的真實版本，被保留在紫宸殿的藏書閣，只供皇室成員翻閱。」

「真的嗎？那你怎麼會知道……」她愕然脫口，轉瞬間又想起師父的真實身分，愣了一下——是的，他當然會知道，因為他是帝君的嫡長子，身負空桑最純粹的帝王之血。

那一瞬間，眼前這個人似乎忽然變得陌生，極近，卻又極遠。

在童年第一次見到他的時候，她對那個在空谷裡苦修的白衣少年其身分一無所知。現在想起來，那個孤獨的少年能夠在那種禁忌之地來去自如，必然是有著極其特殊的身分吧？在她十三歲那年，他們在蒼梧之淵遇險，幾乎送命。那時候，她揹著他攀出絕境，一路踉蹌奔逃，倉促之中甚至來不及想一下：到底為什麼會有人要殺害這樣一個與世無爭的少年神官？

但他實際身分之尊榮，最後還是超出她的想像。

可是，既然他是皇后嫡出的嫡長子，又為什麼會自幼離開帝都，獨自在深山空谷裡苦修呢？在懵懵懂懂中長大的她，對身邊的這個人居然從未真正瞭解過。

「內戰結束後，毗陵王朝的幾位帝君也曾經派出戰船，在七海上搜索海皇之血的下落，一度甚至差點擒獲溟火女祭司，但最終還是一無所獲。」時影的聲音低沉而悠遠，如同從時間的另一端傳來。「如今，海國已經滅亡七千年，海皇的血脈似乎真的斷絕了——直到五年前，我忽然在碧落海上看到那一片虛無的歸邪。」

「歸邪？」朱顏愣了一下。

「是啊。似星非星、似雲非雲，介於虛實和有無之間。」時影忽然轉頭看著她，又問：「歸邪在星相裡代表什麼？」

沒想到又被冷不丁考了一道題，她下意識結結巴巴地回答：「歸……歸國者？」

今天運氣真是一流，雖然是大著膽子亂猜，這一回居然又答對。時影點了點頭，低聲道：「歸邪見，必有歸國者。那一片歸邪是從碧落海深處升起的，所以歸邪升起，代表著沉睡在海底千年的亡者，即將歸來！」

朱顏倒吸一口冷氣，不再說話。

「這些天機，原本是不該告訴妳。」時影嘆一口氣，搖頭說道：「按照規矩，任何觀星者即便看到天機，也應該各自存於心中。一旦洩露，讓第二人知曉，便會增加不可控的變數。」

可是……即便如此，師父還是告訴了她？

他為了挽回她，不讓師徒兩人決裂，已經顧不得這樣的風險。

朱顏沉默著，不肯開口承認，心裡卻已經隱隱覺得師父所說可能都是真的。那一刻，她的心直往下沉去，只覺得沉甸甸地壓得她喘不過氣。

「現在，妳心服口服了嗎？」看著她的表情，時影不動聲色地說道：「今天我之所以耐心和妳說這麼多話，是看在妳年紀小，只是被私情一時蒙蔽的分上，不得不點撥妳一下。相信妳聽了這些話，應該會有正確的判斷。」

「我……我……」她張開嘴，遲疑老半天，說不出一句話。

話說到這個分上，她自然是沒什麼好講的。可是，心裡有一種不甘心和不相信熊熊燃燒，令她無法抑制。

時影的語氣冰冷，「所以，那個人，我是殺定了！」

朱顏猛然打了個寒顫，抬起頭看著師父，失聲大喊：「可是，即便海皇重生的事情是真的，那個人也未必是淵啊！萬一……萬一你弄錯了呢？一旦殺錯了，可就無法挽回！」

「為了維護那個人，妳竟然質疑我？」時影驟然動容，眉宇間有壓抑不住的怒意。「那個復國軍的領袖，不但能讓所有鮫人聽命於他，還擁有超越種族極限、足以對抗我的力量，這不是普通鮫人能夠辦到。如果不是傳承了海皇的血統，又怎麼可能？」

朱顏不說話了，垂下頭去，肩膀不住顫抖。

那一刻，她抬手摸了摸脖子上掛的玉環，想起一件事，心裡忽然涼了半截——是的，這個玉環！這個玉環是淵送的，卻封印著古龍血，跟龍神有著千絲萬縷的聯繫，如果淵不是身分非凡，又怎會持有它？

可是，如果……如果那個人真的是淵，那麼說來，他就是整個空桑的敵人？師父要與他為敵、要殺他，也是無可爭議。

但是……她又怎能眼睜睜看著師父殺了淵！

「不要殺淵！」那一瞬，她心裡千回萬轉，淚水再也止不住地落下，哽咽說道：「我……我很喜歡淵！我不想看他死……師父，求求你別殺他！」

聽到這句話，時影的肩膀微微一震，往後退一步。

「真沒想到……我辛辛苦苦教出來的會是妳這種徒弟。」時影看著她長長嘆息，「為了一己之私，置空桑千萬子民於水火。」

「不……不是的！」朱顏知道這種嚴厲的語氣意味著什麼，換成平日早就服軟，此刻卻還是抗議起來。「如果將來淵真的給空桑帶來大難，我一定會第一個站出來阻止他！可是……可是現在不能確定就是他啊！為什麼你要為沒發生的事殺掉一個無辜的人？這不公平！」

沒想到她會這樣說，時影倒是怔了一下。

「那麼說來，妳是不相信我的預言？」他審視滿臉淚水的弟子一眼，發現她整個人都在劇烈發抖，心裡不知道是什麼樣的滋味，卻依舊不動聲色。「或者說，妳其實已經相信，卻還是心存僥倖？」

朱顏被一言刺中心事，顫抖了一下。「師父也說過，天意莫測。如果不是親眼所見，我……我不能任由淵就這樣被人殺掉！」

「不到最後一刻，妳都不會死心，是不是？」時影長長嘆一口氣，眉宇之間迅速籠罩上一層陰鬱。他往後退了一步，語氣低沉，一字一句說道：「既然這樣，我們師徒，便只能緣盡於此了。」

「師父！」最後一句話落入耳中，如同雷霆，朱顏微微顫抖，握著那一片被他割裂的衣袍，失聲喊：「不要！」

「如果妳還想維護他，我們師徒之情便斷在今日。從此後，塵歸塵、土歸土。」時影的聲音很冷，如同刀鋒一樣在兩人之間切下來。「日後妳要是再敢阻攔我殺他，我便連妳一起殺了！」

他說得狠厲決絕，言畢便拂袖轉身。朱顏看到他轉過身，不由得失聲，下意識地上前拉住他的袖子。「不要走！」

然而這一拉，她居然拉了個空，一跤狠狠摔了下去。

時影微微一側身便已經閃開，眼裡藏著深不見底的複雜感情。她心裡一急，生怕他真的這樣大怒之下拂袖而去，也不等爬起來，瞬間便在地上往前掙扎一步，伸出手去，想要抱住他的腳苦苦哀求。

然而她剛伸出手，他瞬間便退出一丈。

時影看著在地上可憐兮兮的她，眼裡忽然露出一種難以壓抑的煩躁，厲聲道：「好了，不要這樣拉拉扯扯、糾纏不清！既然妳選擇了那個鮫人，必然就要與我、與整個空桑為敵。這是不可兼顧的，不要心存幻想！」

「師父！」朱顏心裡巨震，腦海一片空白，只是下意識地喃喃說道：「我……我不要與你為敵……我不要與你為敵！」

「那就放棄他，不要做這種事。」時影冷冷道，用盡最後的耐心。「妳是赤之一族的郡主，即便不能為了空桑親手殺掉他，至少不該阻攔我。」

「不……不行！」她拚命搖頭，「我不能看著淵死掉！」

時影的眼神重新暗下去，語氣冷淡：「既然妳做不到，那就算了。」

語畢，他轉過頭，拂袖離開。

朱顏看著他的背影，只覺得心裡有一把利刃直插下來，痛得全身發抖。她往前追了幾步，顫聲喊著師父，他卻頭也不回。

「師父……師父！」眼看他就要離開，她的眼淚終於再也止不住，如同決堤一般湧出，看著他的背影，哭著大喊起來：「你……你真的不要我了嗎？你在蒼梧之淵說過，這一輩子都不會扔下我的！」

時影微微一震，應聲停頓，卻沒有回頭。停頓片刻後，他只是頭也不回地回答一句：「不，我沒有扔下妳，是妳先放棄我的。」

朱顏愣了一下，一時竟無言以對。

「凡是我想要殺的人，六合八荒，還從來沒有一人能逃脫。」時影轉頭冷冷看著她，語氣冰冷嚴厲。「我看妳還是趕緊好好修練，祈禱自己到時候能多替他擋一會兒吧。」

語畢，他拂袖而去，把她扔在原地，身形如霧般消失。

當他周圍設下的結界消失後，朱顏發現自己還是站在葉城總督府，滿臉眼淚地對著空無一人的庭院大喊。一旁的福全正驚詫無比地看著她，顯然完全不明白剛才片刻之間發生了什麼。

那一刻，朱顏只感到無窮無盡的悲傷，雙膝一軟，竟然跪倒在那一架開得正盛的薔薇花下，放聲大哭起來。

師父……師父不要她了！他說，從此恩斷義絕！

她在白薔薇花下哭得說不出話，只覺得從出生以來從未有過這樣的傷心。師父和淵，是她在這個世上除了父母之外最親的兩個人，居然卻要她在兩者中選擇一個，簡直是把心劈成兩半。

「郡……郡主？出了什麼事？」此刻結界已經消失，福全驟然看到她伏地痛哭，不由得手足無措，不知如何是好。

「怎麼了？」忽然間，外面傳來一句驚詫的問話：「這不是赤之一族的朱顏郡主嗎？為何在這裡哭泣？」

兩人一驚，同時抬起頭，看到滿臉驚訝的葉城總督。

白風麟應該是剛從外面回來，身上還穿著一身隆重的總督制服，在他的身後跟著一個黑衣黑甲的勁裝中年將軍。兩人原本是一路客套地寒暄著從外面進來，此刻站在迴廊，吃驚地看著花下哭泣的少女，不由得面面相覷。

「福全！怎麼回事？」白風麟率先回過神來，瞪了一眼旁邊的心腹侍從。「是你這個狗奴才惹郡主生氣了嗎？」

福全立刻跪下去喊冤：「大人，不關小的事！」

「沒……沒什麼。」朱顏看到這一幕，立刻強行忍住傷心，抹著淚水站起來，為對方開脫。「的確不關他的事情……別為難他了。」

白風麟看著她在花下盈盈欲泣的模樣，更覺得這個少女在平日的明麗爽朗之外又多了一種楚楚可憐，心頭一蕩，恨不得立刻上前將她攬入懷裡，然而礙著外人在場，只能強行忍下，咳嗽一聲道：「不知郡主今日為何而來？又是遇上什麼不悅之事？在下願為郡主盡犬馬之勞。」

朱顏正在傷心時，沒心思和他多說，只是低聲說一句：「算了，你幫不了我……天上地下，誰也幫不了我。」

說著說著，她心裡一痛，滿眶的淚水又大顆大顆落下。她恍恍惚惚地轉身便往外走去，也顧不上什麼禮節。白風麟看到她要離開，連忙殷勤問道：「郡主要去哪裡？在下派人送妳去，免得王爺擔心。」

「我沒事，不勞掛心。」她喃喃道。

然而他一提到赤王，倒令她忽然想起之前的事——對了，父王不是在帝都會見了白王嗎？他們這兩個王，還正打算聯姻呢。她猛然一驚，下意識地回頭看一眼白風麟：天啊……父王竟然想讓自己嫁給這個人嗎？

那一瞬間，這件令她如坐針氈的事情又翻了上來。可偏偏這個時候，白風麟卻不知好歹地抓住她的手，口中殷勤道：「外面現在有點亂，不安全。在下怎麼能放心讓郡主獨自……」

「放開手！」她猛然顫了一下，往後退一步，抬頭瞪他一眼，脫口而出：「告訴你，別以為我父王答應了婚事就大功告成！別作夢，打死我我都不會嫁給你！」

「什麼?」白風麟猛然愣住了,不知道她在說什麼。

朱顏推開他的手,一跺腳就衝出去,翻身上了總督府外的駿馬,往赤王行宮疾馳而去,只留下葉城總督張口結舌地站在原處,臉色青白不定。

「咳咳。」福全不敢吱聲,旁邊的黑甲將軍卻咳嗽一下說:「沒想到啊,白之一族和赤之一族這是打算要聯姻了嗎?恭喜恭喜……」

白風麟回過神來,不由得面露尷尬之色。「青罡將軍見笑,此事尚未有定論,連在下都尚未得知啊。」

然而他一邊說著,心裡一邊也是驚疑不定。第一次見到朱顏郡主不過是一個多月前的事,父王應該剛接到自己的書信不久,尚未回信給他表示首肯,那怎麼會如此快就和赤王在帝都碰頭商量?效率未免太高了吧?

不過,看剛才那個丫頭的反應,此事應該是真的,否則她不會發那麼大的火。呵……身為一個嫁過一任丈夫的未亡人,能當葉城總督夫人算是抬舉她了,總算她父王知道好歹,那麼快就答應婚事。

白風麟想著,看了一眼旁邊的黑甲將軍,心中微微一沉。兩族聯姻之事,居然過早被青罡知道也是麻煩得很。這些年來,青王和白王之間的明爭暗鬥從未停止，一邊相互對付，一邊又想聯姻。如今聽青罡這樣陰陽怪氣地恭喜，他不由得暗自擔心。

「裡面請、裡面請。」他心裡嘀咕，卻殷勤地引導著。這位來自帝都的驍騎軍統領受帝君之命前來葉城，幫他平息復國軍之亂，可是怠慢不得。否則叛亂的事情再鬧大，自己葉城城主的位置岌岌可危。

青罡一邊往裡走，一邊道：「葉城復國軍之亂最近越演越烈，城南已經淪陷，不知總督大人有何對策？」

「將軍放心……」白風麟剛要說什麼，忽地有心腹侍從匆匆走上來說：「大人，有人留了一封信給您。」

白風麟看了一眼，認出是九嶷大神官的字跡，心裡一個「咯噔」，抬頭往內院看了看——珠簾捲起，房間裡空空蕩蕩。那個一直在垂簾後的神祕貴客，居然已經離去？

如今鐵幕即將圍合，青罡將軍從帝都抵達葉城，復國軍已經是甕中之鱉，這個一手主持圍剿鮫人大局的幕後人物，竟然不告而別？聯想起片刻前朱顏在內庭傷心欲絕的模樣，白風麟心裡忽然間一沉——他們兩個見過面了嗎？莫非，那個丫頭如此激烈地抗拒嫁給他，是因為……

他一邊沉吟，一邊拆開那封信。

信上寫的，是關於最後圍剿的部署，最後一句話是：「明日日出，令青罡率驍騎軍圍攻屠龍村，封鎖所有陸路，所有入海入湖口均加設鐵網封印，不得令一人逃脫。唯留向東通路，令屠龍村至星海雲庭之路暢通。」

星海雲庭？奇怪，那個地方因為包庇復國軍，已經在前幾日查封，如今早已人去樓空，大神官特意叮囑這麼部署，又究竟是為何？

白風麟心裡暗自驚疑不定，握緊那一封信。

算了，那個神龍見首不見尾的表兄是個世外高人，據說能悉知過去和未來。他既然留書這麼安排，自然有他的道理。

白風麟將信件重新讀了一遍，熟記裡面的部署，便回頭朝著青罡將軍走過去，按照信上的安排，逐一吩咐道：「關於明日之戰，在下是打算這麼安排……」

葉城總督府裡風雲變幻，虛空中，乘坐白鳥離開的大神官卻只是看著手裡那一枝玉骨，怔怔出神。原來以為可以一輩子交付出去的東西，終究還是拿回來了嗎？

時間已經過去很久，可是當日他將這枝簪子送出去的情景，還歷歷在目。

那時候她才剛剛十三歲，不過西荒人發育得早，她的身段和臉龐都已經漸漸脫離孩子的稚氣，有了少女的美麗。

從蒼梧之淵脫險歸來後，他更加勤奮修行。作為弟子，她也不得不跟著他日夜修練，每天都累得叫苦連天，卻不得絲毫鬆懈。

那一天早上她沒有按時來谷裡修練，他以為這丫頭又偷懶，便拿了玉簡去尋她，準備好好訓斥一番。然而，一推開門，發現她正瑟瑟發抖地躲在房間裡，哭得傷心無比，滿臉都是眼淚。

「師父……我、我要死了！」她臉色蒼白，一看到他就像得了救星，顫聲道：「我要死了！快救救我！」

他心裡一驚，立刻反手扣住她的腕脈，卻發現並無不妥之處，不由得鬆一口氣，不悅地蹙眉：「又怎麼了？為了蹺課就說這種謊，是要挨打的。」

然而她嚇得「哇」的一聲又哭了。「我……我沒說謊！我……我真的快要死了！流了好多好多血！」

什麼？他看得出她的恐懼驚惶並非作偽，不由得怔愣一下：「流血？」

她捂著肚子，哭得上氣不接下氣：「不……不知道怎麼回事，今天起來，發現忽然從肚子裡流了好多血！怎麼也止不住！你看……你看！」

她淚眼汪汪地舉起手裡的衣衫，衣服下襬上赫然有一大片鮮紅色。

他愣了一下，一時間說不出話，只能無比尷尬地僵在那裡——二十二歲的九嶷山少神官，靈力高絕，無所不能，卻第一次有不知所措的感覺，甚至下意識地往後退一步。

「怎麼辦啊！我……我要死了嗎？」她看到師父無言以對，更以為自己病情嚴重，撲過來抱住他的膝蓋，哭得撕心裂肺。「嗚嗚嗚……師父救救我！」

他下意識地推開她，無言以對。

要怎麼和她說，這不是什麼重病，只是女孩子成年，第一次來了天癸而已？經歷初潮是一個女孩子成長為一個女人的必然過程，無須恐懼——這些事情，應該是由她的母親來告訴她，怎麼就輪到自己呢？

他明明是九嶷神廟的少神官啊！為什麼還要管這種事？

「我……我是不是要死了？我要見父王和母后！」她發現師父在躲著自己，不由得又怕又驚，聲音發著抖。「師父……師父，救救我！我不想死！」

他哭笑不得地站在那裡，僵了半天，才勉強說出幾句話安慰她：「沒事的。不要怕，妳不會死。」想了想，看到她還是驚恐萬分，便又道：「放心，這不是什麼嚴重的病症……師父給妳配點藥，不出七天就會好。」

「真……真的嗎？不出七天就能好？」聽到他這一句話，她頓時如同吃了定心丸，淚汪汪地嗚咽：「太好了！我……我就知道師父有辦法治好我！」

他嘆了口氣，轉身出門，過了片刻端來一碗藥湯。「來，喝了這個。」

她以為那是解藥，如同得了仙露，接過來一口氣喝乾，也不知道是不是心理作用，臉色頓時就好起來，喃喃說：「果然沒有那麼痛了……師父你真厲害！這是什麼藥？」

他苦笑一下說：「這只是紅糖水，加了一些薑片。這谷裡沒什麼好東西，也就只有這些。不過妳從小身子健旺，應該無妨。」

「那是什麼藥方？能止血嗎？」她卻依舊懵懂不解，按了按小腹，忽然帶著哭音道：「不對！血……血還是不停在流，一點也止不住！師父，我……我是不是真的要死了？」

「別擔心……不會有事的，妳很快就會好。」他往後退一步，不想多說，想了想只道：「等一下我送妳去山下的阿明嫂家吧……她有經驗，可以好好照顧妳。」

她半懂不懂地應著。畢竟年紀小，師父說什麼她便信什麼，既然他說無妨，她也就安心了大半，聽到這個安排，還滿心歡喜地說一句：「太好了！阿明嫂做的菜很好吃……我在山上好久都沒吃到肉，餓死了！」

她的表情還是這樣懵懂，絲毫不知道自己身上正在發生一生一次的深遠變化，開始從一個女孩子蛻變成為女人。

他忍不住嘆一口氣道：「這幾天妳在阿明嫂那裡住，也不用去谷裡練功。外面下著雨，石洞裡又太冷，對妳的身體不好。」

「真的？不用練功？」她頓時歡呼起來，完全忘記片刻前以為自己要死的驚恐。「太好了！謝謝師父！」

十三歲的少女，滿心只有可以偷懶休息的歡喜，然而，少神官靜靜地看著她，臉色沉了下來，嘆了口氣——這一場緣分，終究是到頭了。

他們即將回去各自的世界，從此陌路。

離開她之後，他默然轉過身，直接走向大神官的房間，敲了敲門。

「師父，該送朱顏郡主回去了。」他開門見山地對大神官說道：「她已經長大，來了天癸，不能再留下來。」

雖然她只是個不記名的弟子，但九嶷規矩森嚴，是不能容留女人的。所以當這個小丫頭長大成人，不再是一個孩子的時候，自然不能留在神廟。

被遣送下山，回到赤之一族的封地時，那個丫頭哭得天昏地暗，拚命拉著他的衣服，問他自己到底做錯了什麼要被趕回家。他無法開口解釋，只是默默將玉骨插入她的髮上，拍了拍她的肩膀，讓她一併帶走。

一切的聚散離合，都有它該發生的時間。她曾經陪伴他度過那麼漫長的山中孤獨歲月，然而，當那朵花綻放，他卻不能欣賞。

最是人間留不住，朱顏辭鏡花辭樹。

重明神鳥展翅在天上掠過，時影默默握緊掌心中的玉骨，從遙遠的回憶裡回過神來，看向腳下的雲荒大地。葉城喧鬧繁華，大約數十萬人家，而他的視線停留在西北角的屠龍村。

那裡因為近日連續的戰火，已經變成一片廢墟，充滿鮮血和烈火。

他坐在神鳥上，俯視這一片被復國軍控制的區域，眼神漸漸變得嚴厲且鋒利——好吧，他已經盡力去挽回。既然她始終不肯回頭，過去的一切也就讓它過去吧。

等明日，所有事情都將有一個了結。

第二十一章　求醫

「郡主，您怎麼了？您的腳……」

從總督府到行宮，這一路上，朱顏不知道自己是怎麼回來的，腦海裡竟然是一片空白。直到管家迎上來連聲詢問，她才從恍惚中回過神，低下頭看到自己腳上的靴子不知何時少了一只，手裡還緊緊攥著那半截割下來的白袍，滿臉眼淚，髮如飛蓬，狼狽萬分。

管家看到她這模樣，心裡暗驚：「郡主，您沒出什麼事吧？」

「我沒事。」她隨手把韁繩扔給侍從，恍恍惚惚地走進去，心裡想著半日之前的一切，只覺得痛得徹骨，卻又迷惘萬分。

「郡主可回來了！」盛嬤嬤迎上來，看到她這種模樣，不由得心裡也是「咯噔」一下，連忙把想要說的事擱在一邊，連聲問：「怎麼啦？出了什麼事？」

「沒什麼。」朱顏心裡只覺得不耐煩，什麼也不想說。

「郡主剛才是去總督府吧？誰惹妳不開心了？」盛嬤嬤知道這個小祖宗此刻心情不好，察言觀色、旁敲側擊地問：「是沒拿到出城去帝都的文牒嗎？沒關係，聽說王爺很快就要回來，郡主不用跑出去啦。」

然而，聽到父王即將回來，朱顏臉上絲毫沒有喜悅之情，只是「哦」了一聲，繼續往裡走，兩眼無神，腳步飄忽，心裡不知道想著什麼。

盛嬤嬤看情況不對，心裡一緊，低聲道：「怎麼啦？難道……難道是白風麟那個傢伙吃了熊心豹子膽，欺負郡主了？」

「他敢？」朱顏哼了一聲，「我已經和他說過，絕不嫁給他！」

盛嬤嬤大吃一驚，沒想到才離開視線半天，這個小祖宗已經那麼快捅了婁子。本來想數落她一頓，然而一看她的臉色，盛嬤嬤也不敢多說什麼，只道：「郡主，妳一整天沒吃飯了，餓不餓？廚房裡還有松茸燉竹雞，要不要……」

「不要！」她不耐煩地說：「沒胃口。」

她的語氣很凶，顯然正在心情極不好的時候，氣沖沖地往裡走，盛嬤嬤趕緊跟上去。朱顏也不知道自己要去幹嘛，只是下意識地回到自己的臥房裡，坐也不是、站也不是，一想到師父片刻前說的那些話，就撕心裂肺地痛。

她在屋子裡團團轉了半天，倏地站起來，一把將手裡握著的半截衣袍扔到地上，失聲道：「恩斷義絕就恩斷義絕！誰怕誰啊！」

然而下一刻，她又怔怔站在那裡，「哇」的一聲哭出來。

盛嬤嬤不敢說話，看著她在房間裡走來走去，臉色蒼白、神色煩躁，彷彿心裡燃著一把火，坐立不安。這樣反常的情況，讓老嬤嬤不由得心裡一驚：郡主不會是又遇到那個淵了吧？這樣的神色，和當年她情竇初開、暗戀那個鮫人時，簡直一模一樣。

「唉，怎麼辦……」終於，朱顏頹然坐下來，嘆了口氣，抬手捂住臉，用一種無助微弱的聲音道：「嬤嬤，我該怎麼辦啊……」

看到她心裡的那一股火焰已經漸漸微小、不再灼人，盛嬤嬤終於小心地走過去，將手輕輕放在少女的肩膀上，安慰道：「不要急，郡主。世上的任何事，總會有辦法解決的。」

但聽到嬤嬤溫柔的撫慰，朱顏一瞬間哭了起來。

「不……沒辦法解決啊！我……我剛才在這裡想了好久，看來是怎麼也沒辦法了！」她嗚嗚咽咽著說：「妳知道嗎，師父……師父他不要我了！」

師父？盛嬤嬤心裡一震，沒想到郡主這樣失魂落魄竟然是和另一個人有關。郡主在十三歲之前曾在九嶷山拜師學藝，盛嬤嬤也是知道的。只是自從回到天極風城之後，那個郡主口中的師父便再也沒有出現過，所以年深日久，盛嬤嬤漸漸地也就不以為意。

可是到了今日，又是忽然來哪一齣？

看郡主哭得那麼傷心，盛嬤嬤不由得著急，卻又不敢仔細問，只能輕輕拍著她的肩膀，嘆了口氣說：「別急，慢慢來。」

「師父今天和我說，要和我恩斷義絕！」一說到這裡，她的淚水再也止不住。「我……我可從來沒看過他這樣的表情，太嚇人了！嗚……怎麼求他，他都不肯回頭看我一眼……嗚嗚，我……」

盛嬤嬤安慰她：「他只是氣頭上說說罷了。」

「不，不是的！妳不知道師父的脾氣！」朱顏抹著眼淚，身子發抖。「他從來言出必行！既然他說要恩斷義絕，那就會說到做到！下次如果我和他為敵，他……他真的會殺了我！」

盛嬤嬤顫了一下，抱緊少女單薄的肩膀道：「別亂說！郡主妳這麼好的一個女娃兒，誰會下得了這個手呢？」

「師父一定下得了。他的心可狠著呢！」朱顏呆呆地想了一會兒，忽然又道：「如果真的到了那個時候，我……我可不甘心就這樣被他殺掉！我一定會反抗！」頓了頓，她又垂下頭去嘀咕：「可是，我就算拚了命，也是打不過他的啊……怎麼辦呢？」

她迷惘地喃喃說著，神色時而痛苦、時而決絕。

「唉，郡主，既然一時半會兒想不出來辦法，就先別想了。」老嬤嬤輕聲勸慰：「好好休息，吃一頓飯、睡一覺，等有力氣了再去想。」

朱顏頹然坐下，呆呆沉默片刻，這才點了點頭。

「那我們去吃飯？」盛嬤嬤試探著問，把她扶起來。

朱顏沒有抗拒，任憑她攙扶，有點渾渾噩噩地往前走。不一會兒就到達餐室，裡面已經擺好豐盛的飯菜，其中有她最愛吃的松茸燉竹雞。然而朱顏的眼神渙散、神色恍惚，香噴噴的雞湯喝在嘴裡也寡淡如水。

喝著喝著，她彷彿微微回過神一點，忽然開口問：「對了，那個小兔崽子呢？」

「嗯？」盛嬤嬤愕然問：「郡主說的是？」

「當然是蘇摩那個小兔崽子啦。」朱顏嘀咕著，往四下看了看問道：「為什麼我回來沒看到他？他跑哪兒去了？」

盛嬤嬤找來侍女問了一問，回稟：「那個小傢伙自從郡主早上離開後，就拿著那本冊子躲起來，一整天都沒人見到他。」

「嗯……那傢伙，人小脾氣倒大。」朱顏應了一聲，心思煩亂，憤然說道：「早上不過是沒帶他出去，就躲起來不見我嗎？」

盛嬤嬤咳嗽一聲道：「郡主太寵著這孩子了。」是的，這個殘廢多病的鮫人小孩，性格如此倔強乖僻，哪裡像是半路上撿來的奴隸？十足十是王府裡小少爺的脾氣。也不知道火爆脾氣的郡主是怎麼想的，居然還忍了，真是一物降一物。

「去把他揪過來！」朱顏皺著眉頭說：「還給我擺臭架子？反了！」

「是。」侍女應聲退下去。

她隨便吃了一點，心情不好，便草草完事，轉頭問一旁的管家：「對了，我在養傷的這段日子，外面的情況怎麼樣？」

「外面的情況？郡主是問復國軍的事嗎？」被猝不及防地抓住施用了讀心術之後，管家一直對朱顏心有餘悸，不敢靠近，遠遠地退在一邊，嘆氣說道：「鬧得挺大的，半個月前總督府差點被他們攻進去。幸虧最後關頭有神明庇佑，天降霹靂，把那些叛軍一下子都從牆頭震下去。」

「天降霹靂？」朱顏愣了一下。

這哪是什麼神明庇佑，應該是師父在最後關頭出手相助，幫助白風麟擋住復國軍的進攻吧？難怪這次看到師父的臉色有些蒼白，想來是因為在星海雲庭時就受了傷，中間又沒有休息，所以積勞成疾吧。

這樣神一樣的人，原來也是會受傷的啊……

她一下子走了神，耳邊卻聽得管家道：「那些叛軍本來想擒賊先擒王，闖進去劫持總督大人，沒有得逞便想要退回鏡湖大營。總督於是下令封城搜索，把各處水陸通路都給鎖了，那些叛軍一時半會兒無法突圍，只能退到屠龍村負隅頑抗。他們倒是能扛，縮在那裡都大半個月了，還沒能攻下來。」

朱顏默默聽著，下意識地將筷子攥緊。

「不過此事驚動了帝都，帝君今日已經派驍騎軍精銳過來。」管家以為她心裡不安，便連忙安慰：「相信天軍到來，區區幾百叛軍，很快就會被盡數誅滅。到時候全城解禁，郡主想去哪裡就去哪裡。」

然而她聽了心裡更亂。是的，如果復國軍已經到了絕境，那麼……淵呢？淵現在怎麼樣？他……他是不是也和那些戰士在一起，被圍困在那裡？

她忍不住問：「復國軍是被困在屠龍戶那邊嗎？」

「是。那邊水網密布，一邊連著碧落海，一邊連著鏡湖，對鮫人來說是最佳藏身之處，所以復國軍無路可走的時候就奪了屠龍村當據點，負隅頑抗。」管家道：「不過總督大人有先見之明，早早吩咐將葉城出城的全部水路都設下玄鐵鑄造的網，還在上面加了咒術，所以那些復國軍突圍了幾次，死了許多人，也沒能突破這道天羅地網。」

朱顏一顫，臉色蒼白。

這哪裡是白風麟做得到的事？估計又是師父的傑作。看來，他是真的立誓不誅滅鮫人不甘休啊……

她一個激靈，騰地站起來便想往外奔去——她得去找淵！他現在身處絕境，就算是刀山火海，她也得闖進去把他救出來！

然而剛到門口，一摸頭上，玉骨早已沒了蹤影，朱顏愣一下，冷靜下來——是的，師父已經收回給她的神器，此刻赤手空拳往外闖實在太冒失，至少得想個辦法。

「郡主……郡主！」管家和盛嬤嬤吃了一驚，連忙雙雙上前攔住。「您這是又要去哪裡？外面不安全，郡主的千金之體萬一有什麼不測，小的……」

她還沒來得及回答，只聽門外腳步聲響，侍女結香匆匆忙忙地跑過來，滿臉驚慌說道：「不好了！郡……郡主……」

「怎麼回事？」盛嬤嬤皺眉，「這麼大呼小叫的？」

結香屈膝行了個禮，急忙道：「奴婢……奴婢在後花園的觀瀾池裡找到那個鮫人孩子，可、可是……」

「可是怎麼？」朱顏有些不耐煩。

「可是他好像……好像死了！」結香急道：「他一動不動，半個身子都浸在水池裡，奴婢用力把他拖上來，卻怎麼叫都叫不醒！嚇死人了……」

「什麼？」朱顏大吃一驚，一時間顧不得復國軍的事，連忙朝著後花園疾步走過去。「快帶我去看看！」

這座葉城的行宮，倒是比天極風城的赤王府還大許多，朱顏從前廳走了足足一刻鐘才到後花園。如今已是暮春四月，觀瀾池裡夏荷含苞，蔥蘢的草木映著白玉築的亭台，靜美如畫。

水邊的亭子裡，果然靜靜躺著一個孩子。

「喂，小兔崽子！」朱顏三步併作兩步過去，俯下身，一把將那個失去知覺的孩子抱起來。「你怎麼了？別裝死啊！」

那個孩子沒有說話，雙眼緊閉，臉色蒼白。他雖然說自己快八十歲了，可是身體極輕，瘦小得彷彿沒有重量，被她用力一晃，整個人都軟軟倒下來，一頭水藍色的頭髮在地上滴落水珠。

地上扔著那一卷手札，翻開到第四頁。

朱顏拿起來只看得一眼，心裡便沉下去。那一頁有鮮血濺上去的痕跡——鮫人的血是奇怪的淡藍色，如同海洋和天空，一眼看去就能辨認出來。

這個孩子居然整日都躲在這裡苦苦修習術法，然後在翻到第四頁的時候嘔血了？第四頁應該是五行築基裡的「火」字訣吧？這麼簡單的入門術法，就算最愚鈍的初學者也不應該受到那麼大的反噬，這是怎麼回事？

她不由得又驚又怒：這個小兔崽子，看上去一臉聰明，事實上居然這麼笨，連這麼簡單的術法都學不會，簡直是金玉其外、敗絮其中。

「派人去找申屠大夫！」她把手札放進蘇摩懷裡，吩咐管家：「要快！」

「可是……」管家有些為難。

「可是什麼！」朱顏今天的脾氣火爆到一點就著，不由得抬起頭怒目而視。「讓你去就快點去！找打嗎？」

管家嚇得又往後退一步，嘆著氣道：「屬下當然也想去請大夫來，可是現在外面復國軍作亂，屠龍村作為叛軍的據點早就被圍得水洩不通，申屠大夫和其他屠龍戶一樣杳無音信，連是不是活著都不知道，又怎生找得到？」

「放心，那個老色鬼才不會死。」朱顏嗤之以鼻，想起在星海雲庭的地下見過這個人，心裡頓時了然。「復國軍才不會殺他呢，他和……」她本來想說和淵是一夥的，總算腦子轉過彎來，硬生生忍住沒說，只是想到此刻屠龍村兵荒馬亂，的確是請不到大夫，不由得心下焦急。

她抱著孩子一路奔回房間裡，小心地放到榻上，翻手摸了摸孩子的額頭，有些燙手。鮫人的血是涼的，這樣的高溫，不知這個孩子怎麼受得了。

所以，剛才他才跳進池水裡，試圖獲得些許緩解吧？這個孩子，居然是到死都不肯向周圍的空桑人求助啊……

朱顏心亂如麻，用了各種術法，想要將孩子的體溫降下來。但不知道是不是因為鮫人的身體和常人不同，她那些咒術竟然收效甚微。她思索半天，心裡越發焦急，眼神漸漸沉了下去。

就這樣到了第二天晚上，所有方法都用完了，蘇摩的臉色卻越發蒼白，嘴唇沒有絲毫血色，眼窩深陷，小小的身體更似縮小一圈，奄奄一息。

「不……不要走……」昏迷中，那個孩子忽然微弱地喃喃說一句，手指痙攣地握緊朱顏的衣襟。「不要扔掉我……」

她低下頭，看著那隻瘦小的手上赫然還留著被她抽出的一道鞭痕，不由得心裡一酸，將他小小的身體抱緊，低聲道：「不會的……我在這裡呢！」

「不要扔掉我！」孩子的聲音漸漸急促，呼吸微弱，不停掙扎，似乎想要竭力抓住什麼。「等等……姊姊。等等我。」

這孩子是如此敏感、反復無常，自己當日在情急之下傷害了他，估計這個孩子已經在心裡留下陰影，不知道日後又要花多久的時間來彌補這個失誤。

眼看又折騰一天，外頭天色都黑了，朱顏還沒顧得上吃飯，盛嬤嬤便在一旁小心翼翼地道：「郡主，要不……先吃了晚飯再說？」

朱顏想了想說：「你們先下去備餐，我守著這孩子靜一靜。」

「是。」所有人依次魚貫退去。

當房間裡只剩下她一人的時候，朱顏猛地站起來，疾步走過去推開窗，往葉城的一角凝視——那是復國軍固守的地方，火光映紅了半邊天，隱隱傳來喊殺之聲，顯然還在持續進行著搏殺。

她看了片刻，眼神漸漸變得堅定。看來，少不得要冒險去一趟屠龍村了。反正不管是為了淵，還是為了蘇摩，她都是要去的。

朱顏性格一向爽利決斷，打定主意便立刻著手準備。想到沒有了玉骨，總得找一件稱手的兵器，她便潛入隔壁父王的寢宮裡，打開他的私藏，想從裡面找一些厲害點的武器。

然而，赤王身材魁梧，平時赤手便能屠熊搏虎，用的兵器不是丈八蛇矛便是方天戟，雖然都是名家鍛造的神兵利器，鋒利無比，卻都是她完全不能駕馭的龐然大物。

「叮鈴噹啷」一陣響之後，她灰頭土臉地從裡面拖出最稱手的一件武器——這是一把九環金背大砍刀，有半人多高，重達五十多斤，她得用雙手才能握起，卻已經是所有兵器裡面體積最小、最輕便的一件。

算了，就這個吧，勉強能用，總不能拖著丈八蛇矛過去。她想了想，從父王的箱子裡又揀出一件祕銀打造的軟甲，悄然翻身又出了窗。

蘇摩還在昏迷，體溫越發升高，小小的單薄身子在不停發抖，嘴唇上一點血色都沒有。朱顏俯下身將蘇摩抱起來，用祕銀軟甲將他小小的身體裹好，用上面的皮釦帶打了個結，將昏迷的孩子掛在背後。

她站起來，出門時看了看在銅鏡裡的側影，忍不住笑了——手裡提著大砍刀，背後馱著一個孩子，滿身披掛的自己看上去簡直如同快要被稻草壓垮的駱駝。若不是修習過術法，她肯定連走都走不動吧。

外面傳來腳步聲，越來越近，應該是侍女們回來了。要是再不走，可就來不及。這一走便是刀山火海、凶險萬分，能不能平安回來都是未知之數，可是，她所愛的人都身在險境，即便是刀山火海，她又怎能不闖？

朱顏最後回過頭看了一眼赤王府行宮，再不猶豫，足尖一點，穿窗而出，消失在暮色裡。

外面天色已經漆黑，因為宵禁，街道上人很少，家家戶戶閉門不出，路上到處都是士兵，每一個十字路口都加派了比白日裡更多的人手。

怎麼？看起來，是要連夜對復國軍發起襲擊嗎？

她不敢怠慢，提了一口氣，手指捏了一個訣，身形頓時消失。

朱顏隱了身，揹著蘇摩在街道上匆匆而行，和一列列的軍隊擦肩而過。空氣裡瀰漫著寂靜肅殺的氣氛，有零落的口令聲起落，遠處火光熊熊，不時有火炮轟鳴的巨響，顯示前方果然在進行激烈的戰鬥。

不時有慘叫傳來，路邊可見倒斃的屍體，身上插滿亂箭。那些箭有些是空桑的，有些是復國軍的。兵荒馬亂的氣氛下，到處一片恐慌。

朱顏眼睛一瞥，看到一身華麗的錦袍，不由得愣一下。

這袍子的樣式好熟悉……她忍不住多看一眼那具屍體，忽地愣了一下。雖然有要事在身，朱顏還是停下來，將那個人從死人堆裡面用力拉出來。

一看之下，她不由得「啊」了一聲。

「雪鶯？」她忍不住驚呼，不敢相信這個倒在街邊的人，居然是白王的女兒雪鶯郡主！她……她怎麼會在這裡？這個天潢貴胄、王室嬌女，不是該在帝都和皇太子時雨一起嗎？怎麼會落到如此地步？

朱顏大吃一驚，然而對方昏迷不醒。她費力地將雪鶯半抱半拖，弄到一處安靜的地方，用術法護住她的心脈。然而手指剛一觸及，就感知到一股奇特的力量，她不由得一怔：奇怪，雪鶯的身上，似乎殘留著某種遭受過術法的痕跡。而且這種術法，似乎還是她所熟悉的。

「救……救救……」雪鶯郡主在昏迷中喃喃道：「阿雨他……」

阿雨？難道是說皇太子時雨？朱顏猛然一驚，想起皇太子年少貪玩，總是偷偷跑出宮四處玩耍的傳聞，心裡不由得揪緊了，連忙站起來去原地查看，然而到處看了看，怎麼也找不到符合特徵的屍體。

或許皇太子運氣好，已經逃離了？

朱顏看了一遍，一無所獲。背後的蘇摩模模糊糊又呻吟一聲，她心裡一急，想起這個病危的孩子得儘早去看大夫。此刻兵荒馬亂也顧不上別的，她便將雪鷲拖離險境，包紮好傷口後，繞了一點路，飛速送到總督府。

白風麟是雪鷲的哥哥，送到這裡就算安全了吧？後面的事情她可管不了，她還得忙著自己的事情呢。

朱顏不敢久留，轉頭揹著蘇摩，繼續一路飛奔。

眼看再過一個街口就抵達那個小村落，眼前卻出現一道關卡。那是高達一丈的路障，用木柵欄和鐵絲網圍著，將通路隔斷開來。那一道路障下，密密麻麻站著全副戎裝的士兵，刀劍森然，殺氣凜冽。

她忍不住愣了一下：這些人也忒蠢了。復國軍都是鮫人，若是要逃，也會選擇水路潛行更方便吧？又怎麼會走陸路？

她用上隱身術，自然誰都看不到她，足尖一點便輕巧地越過路障。剛要拔腿繼續飛奔，耳邊卻聽到一陣尖厲的叫聲，竟然真的有人從屠龍村的方向衝出來。

那些人成群結隊，有十幾人，竟不顧一切地狂奔，直接衝向路障關隘。

不會吧？朱顏大吃一驚，這些鮫人是瘋了嗎？

她下意識地往前踏出幾步，雙手握刀，默默提起。可是等那些人奔得近一點，火把的光照到臉上，她才發現那些逃跑出來的竟然並非鮫人，而是村子裡的屠龍戶。

「站住！不許過來！」負責這個關卡的校尉厲聲大喝：「上頭有令，今夜起戰區封鎖，只進不出！」

然而那些屠龍戶彷彿受到極大的驚嚇，不顧一切衝向那道關卡，想要奔回葉城。居中的一個人左手拖著一個傷者，右手拄著拐杖，一瘸一拐地上前哀求：「官爺！前頭……前頭炮火下雨似地落下來，村裡到處都著火！再不逃，全村都要死絕了！求求你……」

話音未落，只聽一聲尖嘯，那個聲音驟然中斷。一枝利箭透胸而過，將那個求情的屠龍戶瞬間釘死在地上。其餘人發出一聲驚呼，恐懼地往後連連退了幾步。

「所有人給我聽著！擅闖者死！」那個校尉握著弓，對左右厲喝：「上頭有令，凡是從裡面衝出來的人，無論是不是鮫人，格殺勿論！」

「是！」周圍戰士轟然回答，一排利箭齊齊抬起。

那些剛從戰場裡逃出來的屠龍戶嚇得往後便逃，將當先那個人的屍體扔在原地，連那個傷者也無人看顧。然而，逃不了幾步，只聽校尉一聲喝令，無數枝箭便呼嘯著朝那些人射過去。

「住手！」朱顏大吃一驚，再顧不得什麼，足尖一點，整個人如同閃電般掠出去。那些只顧著逃命的屠龍戶自然沒有回頭看，射箭的士兵卻剎那間看得目瞪口呆。夜色裡，只見他們射出去的箭在虛空中忽然停頓，然後瞬間被攔腰折斷、變成兩截，紛紛墜落在地。

這……這是怎麼回事？撞邪了？

朱顏揹著蘇摩衝出去，用盡全力掄起手中大刀，「唰」的一聲，將那些密集如雨的箭都齊刷刷地截斷在半空中。然而新兵器完全不稱手，這一刀揮舞得太急，刀又太重，她整個人被掄得幾乎飛出去，踉蹌著幾乎跌了個嘴啃泥。

幸虧是用隱身術，否則這樣子實在太狼狽。

她嘀咕一句，顧不得多想，趁著下一輪的攻擊還沒有到，迅速伸手撈起那個受傷倒地的人，往前飛奔。可是，她背上揹著一個，手上再拉著一個，單手拖著大刀便有點力不從心，剛奔跑出一里路就累得氣喘，不得不找一個隱蔽的地方略微喘了口氣。

然而，當她的隱身術剛撤掉，耳邊便聽到一聲驚呼：「朱……朱顏郡主？怎麼是妳？」

這驟然而來的聲音嚇得她一哆嗦，手頓時一鬆，那個聲音便轉為一聲慘叫。朱顏愕然低頭，發現說話的居然是那個被她扔到地上的傷者，定睛一看，也不由得跳了起來。「申屠……申屠大夫？」

是的，那個剛才試圖衝破關卡的傷者，居然真是申屠大夫！

昔日不可一世的名醫全身血汙，似是受了不輕的傷，正吃力地扶著路邊的樹木站起來，震驚地看著她說：「妳……妳怎麼忽然間就出現在這裡？這……這是怎麼回事？」

「剛才是我救了你，笨蛋！」朱顏看到他一臉茫然，不由得沒好氣地道：「你以為那些箭會憑空折斷？你自己會憑空飛到這裡來嗎？」

「原來是這樣？」申屠大夫愣了一下，「可是……妳又來這裡做什麼？」

「哎，別問東問西了！我剛才救了你的命，你現在快來報答我！」朱顏也來不及和他多扯，急不可待地將背上的蘇摩解下來，托到他的面前。「這個小兔崽子病了！你快來替他看看……」

申屠大夫看到被裹在祕銀軟甲裡的蘇摩，忽然震了一下，脫口道：「是他？太好了！」頓了頓，他又看了朱顏一眼，用一種奇怪的語氣問：「妳……妳是為了這個孩子，才冒險來這裡嗎？」

「是啊，怎麼了？」她皺著眉頭，將那個受傷的大夫推到孩子的面前，焦急地催促：「快來給這個小兔崽子看病！我昨天出去一會兒，回來發現他全身發燙，打擺子似地抖個不停……你快看看！」

申屠大夫拖著斷腿，忍痛低頭將手指搭上蘇摩的腕脈，臉色凝重，沉默了片刻沒有說一句話。朱顏心頭忐忑，忍不住脫口問：「怎麼樣？不會是快要死了吧？」

「倒也不至於立刻就死。」申屠大夫搖了搖頭，不等朱顏鬆一口氣卻道：「看樣子大概還能活個一、兩天吧。」

朱顏這一口氣差點上不來，半晌才失聲：「不行！你……你可得把他救回來！」

申屠大夫斜眼看了看她，皺巴巴全是血汙的老臉上露出一種令人討厭的表情，皮笑肉不笑地說：「上次的診金妳還沒付呢……在星海雲庭，老子一個美人都沒碰到，讓妳幫我付錢，妳還推託，這還又來看診？」

「上次……上次是真的沒錢啊！」朱顏不防他在這個時候忽然翻舊帳，不由得跺腳。「我的錢那時候都用來搶花魁了，你偏偏在那時候問我要，我怎麼給得出？」

申屠大夫冷哼一聲：「上次沒有，那現在呢？」

「這……這次……」朱顏語塞，摸了摸身上。「也沒帶……」

申屠大夫哼了一聲，將蘇摩撇在一邊。「上次的診金還沒付，這次又來？妳當我是什麼？冤大頭嗎？」

「喂！」她急了，上前一把揪住這個皺巴巴老頭的衣領。「我剛才救了你的命啊！信不信現在把你扔回到亂箭底下？」

「我可沒讓妳救我，是妳自己願意的，我不領這個人情。」申屠大夫卻沒有絲毫懼色，梗著脖子冷哼一聲。「況且，妳把我扔回去，這世上可就真的沒人能救這個小兔崽子！」

朱顏氣得要死，卻還真的不敢把申屠大夫怎樣。就算拿刀子架在他脖子上，萬一這個老傢伙嘴上服軟答應，可是開方子時隨便改動一、兩味藥，蘇摩豈不是照樣被他弄死了？

「那你想要怎樣？」她按捺住怒氣，把他扔回地上，想說點軟話，語氣卻還是僵硬。「你……你要怎樣才肯救人？」

「這個嘛……」申屠大夫揉了揉脖子說：「讓我想想。」

「別想了！你說什麼我都答應！」聽到火炮在耳邊轟鳴，看到奄奄一息的孩子在懷裡漸漸死去，朱顏再也忍不住地怒喝：「少囉唆，快給我先治病！不然要是這個小兔崽子死了，我就拿你一起陪葬！」

彷彿是被她的怒氣震懾，申屠大夫停住手指，看了她一眼說：「這可是妳說的，我要什麼妳都答應。妳發誓？」

「我發誓！」朱顏一把將他扯過來。「快給他看病！」

「那好，我可記著了……郡主欠我這個人情，等我將來想好了要什麼，無論什麼條件，妳可都得答應。」申屠大夫笑了一聲，一瘸一拐地走過去，重新在蘇摩身邊坐下，伸出手指頭搭了一下脈搏，又沉默下來。

隆隆的火炮聲不絕於耳。這次，驍騎軍居然從帝都帶來了火炮，以傾國的力量對付這小小一隅的漁村，簡直像要把這個地方徹底摧毀。

朱顏躲在斷壁殘垣的樹蔭下，雙手結一個印，一道若有若無的光籠罩下來，將他們三個人護在其中，將那些流矢炮火擋在外面。這是一個簡單的防護結界，然而因為炮火力量太大，也頗為耗費靈力。

她滿心焦慮地看著申屠大夫給蘇摩看診，想從老人的臉上看出一些端倪，然而申屠大夫半閉著眼睛，那張皺巴巴的臉上什麼表情也沒有。

短短的沉默中，只聽一聲巨響，彷彿有什麼在遠處坍塌了。

「攻破了！攻破了！」耳邊聽到潮水一樣的叫喊，是驍騎軍在踴躍歡呼。很快，就有一騎從前方戰場馳騁而來，手裡舉著令旗，高聲大喊：「復國軍最後的一處堡壘已經被我們攻破！青罡將軍有令，結集所有力量，圍殲火場！」

「是！」守在前方關卡處的戰士得令，立刻「唰」地站起身，聚集列隊，只留一小部分人看守，便匯入奔往火場的大軍之中。

什麼？復國軍……復國軍敗了嗎？那淵呢？淵現在怎麼樣？朱顏忍不住站了起來，幾乎要跟著那些人一起衝入火場，耳邊卻聽得申屠大夫忽然開口問：

「他這樣有多久？」

「啊？整整……整整有兩天了。」朱顏不得不停住腳步，回到蘇摩的身邊，皺著眉頭耐心回答大夫的問題。「而且情況越來越糟糕，所以我才不得已揹著這小兔崽子過來，冒險找你看看。」

「幸虧妳揹著他跑來。」申屠大夫嘆一口氣，放開搭脈的手指。「再晚一日，他身體裡的血就要全部蒸發光了。」

「什麼？」朱顏脫口驚呼，「蒸發？」

「這孩子是不是最近受了什麼詛咒？」申屠大夫又仔細看了看蘇摩的臉色，翻開他的眼瞼看一下，轉頭問朱顏：「特別是火系的術法？」

「火系術法？沒有啊……」她愣了一下，「他這幾天一直和我好好地住在赤王府，怎麼可能被人襲擊或者下咒？」

「那就奇怪。」申屠大夫搖頭，「有烈火的力量侵入他的身體，灼烤他的五臟六腑，所以他的身體才會這般滾燙。幸虧他聰明，自己跳入水池，否則血早就烤乾了。」

朱顏一怔，忽地想起發現蘇摩時的情景——他在獨自修練那本冊子上的術法，而被扔在地上的那卷手札，豈不是正翻到第四頁嗎？

第四頁，是五行術之「火」！

她脫口而出：「是了！我想起來……這小兔崽子在我離開的時候，好像是正在修練五行裡的火之術！是不是因為這個？」

「什麼？」申屠大夫怪眼一翻，厲聲道：「妳瘋了嗎？居然讓他修練這個！」

「啊？」朱顏往後退一步，結結巴巴地說：「怎、怎麼……這小兔崽子想學啊……五行只是入門術法，又沒什麼危害。」

「蠢材！鮫人是不能修習火系術法的！妳難道不知道嗎？」申屠大夫氣得臉都皺成一團，指著她的鼻子，厲聲道：「鮫人誕生於大海，天性屬水。水火不能兼濟，特別是那麼小的孩子，妳竟然讓他去操縱火的力量，這不是害死他是什麼！」

朱顏被罵得臉色一陣青一陣白，卻一聲也不敢反駁。

她當時把手札扔給蘇摩，便只顧著去處理自己的事，完全沒有細想過把那孩子獨自扔在那兒自己摸索著學習，會有什麼樣的後果。她是個多麼不負責任的師父啊……簡直是親手把這孩子推入火坑。

她心氣一餒，便不敢回嘴，怯怯道：「那……那要怎麼治？」

「幸虧妳揹著他來找我。這個世上，除了我也沒別人能救他。」申屠大夫將那個昏迷的孩子托起來，嘴裡道：「如果這小傢伙出了什麼事，妳我可都擔當不起。」

「什麼？」朱顏愣一下。

然而申屠大夫沒有回答，只是從懷裡拿出一個布包展開來，竟然是整整齊齊一排十幾根銀針，再拿出一個小扁盒子，打開來，裡面各色丹藥俱全。朱顏不由得詫異：這個人在戰火裡逃生的時候，居然還來得及把全套的行頭都帶在身上？

「不過，就光憑一個入門級的五行術，不至於把孩子弄得這樣奄奄一息。」申屠大夫嘀咕一聲，仔仔細細地開始給蘇摩望聞問切。「一定還有其他原因。」

又一陣炮火轟下來，地動山搖，廢墟的斷牆坍塌下來，朱顏雙手一翻，將掉落的磚石掃出去，在一旁提心吊膽地看著大夫問診。耳邊是潮水一樣的衝殺聲，顯然那邊的戰爭已經到了最後關頭，她心急如焚，惦記著淵的情況，卻是一步也不能離開。

中屠大夫往蘇摩的嘴裡塞了一顆小藥丸，又將藥油擦在手掌心，反復按壓孩子的小腹。那裡本來是隆起的腫塊，在他一按之下，居然動了起來。同一瞬間，蘇摩抽搐一下，發出一聲痛苦的呻吟。

這幾乎是這兩日來，這孩子第一次發出聲音。

「怎麼了！」朱顏嚇了一跳，連忙詢問。

「原來是這個東西在作祟。難怪……」中屠大夫眼裡忽然露出一絲冷光，搓著手竟然隱約有一絲興奮。「看來是再也不能耽擱，若不把這個東西趁現在弄出來，這孩子遲早會沒命。動手吧！」

朱顏沒有明白他在說什麼，卻看到中屠大夫抬起頭，吩咐一句：「來，幫我按住這孩子。」

朱顏在廢墟裡彎下腰，幫著大夫將蘇摩的手腳按住。這個孩子的手腳細得如同火柴棒，彷彿一用力就會折斷。朱顏剛用了一點力，地上的孩子就蜷縮起來，發出一聲痛苦的低呼。她心裡一驚，下意識地鬆手。

「渾蛋！誰讓妳放手的？給我用力點！」申屠大夫卻是瞬間變了臉色，破口大罵：「不聽我的，就會斷了這孩子的命，知道嗎！」

除了師父之外，幾乎沒有人敢這樣劈頭蓋臉地罵她，朱顏想要發作，卻知道現在情況緊急，和這個人對峙發怒完全沒有意義，便默默按捺住怒火，低頭重新把蘇摩的手腳緊緊按住。「這樣行了嗎？」

「好，就這樣把他摁住，一點都不能讓他動！」申屠大夫指著她，語氣嚴厲。「下刀若有一分不準，他的小命就完了！知道嗎？」

朱顏還沒回過神來，只見眼前寒光一閃，那個衣衫襤褸的老人忽然爆發出極其強大的氣勢，大喝一聲，雙手一翻，十二根銀針從他的指尖齊刷刷地冒出，以看都看不清的速度，瞬間扎入孩子的腦袋。

蘇摩發出尖厲的叫聲，拚命掙扎。那一刻，這個奄奄一息的孩子竟然湧出駭人的力量，朱顏只是一個分神，孩子的手便從她的手腕底下掙脫出來。

「痛……痛！」他含糊地喊著，竭力想要睜開眼睛。

孩子的眼睛似乎睜開一線，恐懼無比地看著她，蒼白的嘴唇顫抖著，神志似乎有些混亂，喃喃道：「痛……救救我……姊姊……」

那樣的眼神，令朱顏心裡猛然一顫，然而，她不敢放開對他的禁錮。申屠大夫將全身的本事施展到淋漓盡致，只是一個眨眼間，銀針從上而下，如同一道流光傾瀉，在一瞬間釘入孩子的十二處大穴——令人驚駭的是，幾乎每一處都是死穴。

當最後一根銀針釘入氣海的時候，蘇摩的悸動忽然停止，就如同瞬間被割斷了引線的傀儡，全身癱軟下去，閉上眼睛，重新一動也不動。

一切發生在一瞬間，朱顏怔了一怔，這才跳起來失聲道：「你……你在做什麼？為什麼要點死穴？你想害死他嗎！」

「閉嘴，我當然是在給他治病！妳懂個屁！」申屠大夫不耐煩，短短一句話裡聲音卻極其疲憊，似乎剛才那一瞬間已經耗費極大的力量。他將手裡的銀針用光，彎下腰從那個布包裡又拿出什麼東西，毫不客氣地吩咐她：「別在那裡亂叫，給我重新按住這個孩子！」

朱顏剛要說什麼，在火光下看到他手裡的東西，忽然就愣住了——握在老人枯槁嶙峋手指之間的，赫然是一把雪亮的剔骨尖刀！

第二十二章　孿生

戰火紛飛之中，不時有流矢飛濺、炮火轟鳴，然而都被朱顏設置的無形結界給擋住了。這廢墟裡的小小一隅，似乎被隔離出這個烈火焚城的修羅場。

朱顏看著申屠大夫拿著尖刀走過來，俯下身扯開孩子身上的衣服，不由得頭皮一麻，一把握住老人的手腕，厲聲道：「喂！你想做什麼？」

「救這個孩子啊！」申屠大夫的腕骨一陣劇痛，不由得怪眼一翻，怒視著這個不知好歹的女娃。「妳懂什麼？再不把這個禍害除掉，這孩子就要沒命了！」

「什麼禍害？」朱顏愣了一下，順著他的視線看下去。

孩子的全身瘦骨嶙峋，唯獨肚子微微隆起，看上去有一種古怪的突兀。不知是不是幻覺，在黑夜的火光裡，竟感覺肚腹之中似有什麼東西在蠕動，而申屠大夫雪亮的刀尖正好對準臍下的氣海。

朱顏恍然道：「你說的難道是……那個死胎？」

「是。」申屠大夫用力把手腕從她的手裡抽出，但已經有了一圈烏青。他瞪她一眼說：「別愣著！快上去替我按住這個小傢伙！等一會兒破腹的時候會極痛，光靠這些銀針，未必能封得住！」

「要……要在這裡？」她卻還是略微猶豫，看了一圈周圍兵荒馬亂的景象。「就不能等一會兒再換個地方？」

「我倒也想換個像樣點的地方……要在這種破地方動這麼大的刀子，手頭什麼都沒有，妳以為容易嗎？」申屠大夫沒好氣地回答：「可是救人如救火，哪還能挑三揀四算時辰？妳看看！這是什麼？」

他用尖刀戳了戳蘇摩的肚子，那一瞬間，皮膚下似乎有什麼東西劇烈地蠕動一下，彷彿在躲避刀鋒，飛快地在身體裡滑行。

那詭異的景象，令朱顏失聲驚呼。

「那個傢伙趁著孩子衰弱，正在由內而外吞噬他！」申屠大夫抬起頭，厲聲對她道：「不能再等了，不然這孩子救回來也是個殘廢！他的小命在妳手上，妳想清楚，要不要現在就動這個刀子？」

朱顏倒吸一口冷氣，想了一瞬，斷然點頭應道：「好！」

既然如此，當斷則斷。若是耽誤時間，害死這個孩子的性命，又如何是好？

她俯下身去，按照申屠大夫的吩咐重新按住孩子的手腳。她本來是個膽氣過人的女子，然而看到那一把亮晃晃的剔骨尖刀對著孩子落下來時，還是忍不住別過頭，閉上眼睛。

雪亮的尖刀「唰」地插入腹部的氣海，破開血肉，急速劃過，將整個腹部剖開來。朱顏根本不敢看，只覺得地上的孩子猛然一震，發出極痛的叫喊，被封住的身體動了起來，猛烈地抽搐。

「阿娘……姊姊！」昏迷中的孩子喃喃道，聲音嘶啞。「救救我！」

「乖，忍一忍！」她不敢轉過頭去看，只能咬著牙，不住地低聲安慰：「沒事的，很快就好！」

開膛破肚的劇痛讓孩子拚命掙扎，竟然將眼睛睜開一線，恍恍惚惚中，似乎看到她的影子，忽然喃喃道：「姊……姊？是妳？」孩子只是愣了一會兒，又在劇痛下抽搐，不停掙扎。「痛……好痛！放開我……放開我！」

「不要動！別怕……很快就好了！別怕！」她拚命按住孩子的手腳，不讓他扭動著逃脫。蘇摩在極痛之中大呼，喊著她，求她放手，求她不要殺自己。然而她只能含淚咬著牙，死死抓住他，不敢放鬆分毫。

她以為申屠大夫會很快結束，然而，不知道過了多久，申屠大夫那邊居然還沒弄好，甚至連動刀的聲音都沒有。

「姊姊……妳、妳要殺我嗎？」掙扎中，蘇摩的眼睛死死地盯著她，湛碧色的眸子裡充滿震驚和恐懼。「痛……放開……放開我！姊姊！痛！」

「不要動！」朱顏咬著牙按住孩子的手腳，死死地不讓他動彈分毫，生怕會影響大夫的手術。「忍一下！」

孩子在極度的恐懼和痛苦之中抽搐，發著抖用嘶啞的聲音苦苦哀求。她看到孩童眸子裡映照出的自己，正惡狠狠地咬牙按住他的手腳，在烈火和廢墟的背景下，看上去竟然隱約有幾分猙獰。她不敢再看，扭過了頭。

到後來，孩子的掙扎越來越微弱，聲音也從尖厲漸漸變得微弱，奄奄一息，連原本灼熱的皮膚都在她的手底下飛快地冰冷下去。

然而，那種冰涼是沒有生氣的冰涼，如同死人。

「為、為什麼……殺我，姊姊？」終於，蘇摩的瞳孔失去神采，漸漸渙散，最終闔上。「痛……好痛啊……姊姊！」

她終於忍不住，轉過頭大喊：「怎麼還沒好！」

但下一刻，她就被眼前的慘象震驚了。

中屠大夫正彎下腰，用尖刀破開蘇摩的小腹，血流成河，然而，他僵在那裡，再也沒有動。

大夫的手握著尖刀，不住地劇烈發抖，看到朱顏終於轉過頭來，他死死看著她，喉嚨裡發出「咯咯」的聲音。

那一瞬間，朱顏失聲驚呼起來。

那……那是什麼？火光明滅之中，她竟然看到一雙細小的手，從蘇摩血肉模糊的身體裡伸出來，死死地扼住大夫的咽喉。

中屠大夫被扼得雙眼凸出，不能說話，手裡的尖刀顫抖著，幾次試圖去割斷那一雙忽然伸出來襲擊自己的小手，卻怎麼也無法如願。他的眼裡充滿震驚和恐懼，似乎畢生行醫也從未見過這樣的情景。

孩子被切開的身體裡，露出另一個血淋淋的嬰兒，他霍然睜開眼睛，伸出手扼住大夫的咽喉。

因為預料到藏在蘇摩腹中的那個嬰兒可能是一個怪物，所以申屠大夫事先已布置了銀針，其中有一根穿透蘇摩的腹部，準確地釘入那個肉團心臟的位置，將那個只有一尺高的嬰兒定住。然而，那一個肉團雖然看上去已經死了，卻在他湊近查看的一瞬間，猝不及防地伸出手。

那雙細小的血手破體而出，死死抓住他。沒想到小小一團血肉模糊的東西，力量竟然大得詭異，申屠大夫說不出話，甚至連求救都來不及。剎那間，他只覺得一股冰冷的力量飛快地侵蝕而入，身體一晃，眼前便全然黑下來。

太詭異了……這、這是什麼東西？這個在母胎裡就被吞噬、一直待在蘇摩身體裡的，究竟是什麼東西？從一開始，自己似乎就太小看他。

「申屠大夫！」朱顏失聲驚呼，直跳了起來。

眼看申屠大夫雙眼翻白，手裡的尖刀已經掉落地面，她想都來不及想，反手一抓，那把九環金背大砍刀倏地躍入她的掌心。朱顏大喝一聲，一個箭步上前，對著那一雙詭異的小手斷然一揮。

「喀嚓」一聲，是刀鋒割斷朽木的聲音，毫無血肉的感覺。

雖是在情急之下，但她的控制還是妙到毫顛。巨大的刀鋒將那一雙小手齊腕割斷，卻沒有傷到申屠大夫分毫。同一瞬間，地上的蘇摩發出一聲痛極的呼喊，身體一震，十二根封住他身體的銀針齊齊反彈而出。

老人在瞬間往後癱倒，摸著咽喉，拚命大口呼吸。朱顏跳過去，一把將還死死嵌在他脖子上的枯瘦小手扯下來，卻聽申屠大夫發出一聲嘶啞的驚呼，撐起身體，奮力撲了過去，一把將那個血淋淋的嬰兒抓了起來。

那個被斬斷手臂的肉團只有巴掌大，血肉模糊，居然還在扭動，發出奇怪的嚶嚶聲，如同梟鳥夜啼，令人毛骨悚然。雖然沒有雙手，但被人一把抓起時，他便伸出頭，張嘴一口咬住了大夫的手，死死不放。

這……這是什麼東西？朱顏只看得目瞪口呆。

「快！」申屠大夫忍住疼痛，大喝：「斬斷他的頭！」

朱顏握著刀，看著那咬著大夫手、懸空吊在那裡的血肉模糊的嬰兒，手指忍不住微微發抖。然而，只是瞬間的猶豫，申屠大夫被咬住的手背已經開始變色，有奇怪的汙黑迅速朝著虎口蔓延過去。

她不敢再想，咬著牙提起刀，「唰」地一下就砍了下去。

刀鋒如電，一掠而過，斬開了空氣。「喀嚓」一聲，她聽到刀鋒切斷什麼東西的聲音，手腕卻猛然一震，有一股奇怪的力量襲來，擊在她的刀鋒上。轉頭一看，那個嬰兒居然還是死死咬著申屠大夫的手，脖子完好無損，只有雙腿齊膝而斷。

那一刻，朱顏忍不住失聲驚呼。

——是的，剛才那一瞬，那個詭異的嬰兒居然是用腿踢開她的刀！這……這怎麼可能？不可思議！

「斬……斬斷他的頭！快！」申屠大夫竭力大喊，然而短短的瞬間，聲音已經迅速地衰弱下去。「他……他想寄生在我身上！」

朱顏在那一聲裡迅速回過神來，再不猶豫，一咬牙，雙手握刀平持，「唰」地一刀便是橫著掃過。

那一刻，似乎知道再也避無可避，那個東西忽然間回過頭，看了她一眼。

那一眼，讓她心裡忽然升起一陣奇特的不舒服之感，如同被一隻冰冷的手忽然按住後頸，刀鋒竟是如同砍入了黏稠的泥淖之中，情不自禁地緩了一緩。

然而下一個瞬間，她又猛然清醒過來，為自己剎那間的失神感到詫異：這個東西帶著極其強烈的邪氣，竟然是比她有生以來看過的所有妖物都要詭異。

當她的那一刀斬落時，手腳俱斷的嬰兒忽然間鬆開咬著申屠大夫的嘴，「唰」的一聲墜落在地，朱顏的一刀便落空，收勢不住，差點就傷到申屠大夫。

「快！快！」然而，掙脫危險的老人臉色依舊蒼白，指著她的身後，微弱地大喊：「阻止他！」

朱顏回頭看去，只見那血肉模糊的一團「唰」地重新掉進蘇摩的身體裡，竟然在一個勁地往裡鑽去。她心知不妙，瞬地回過頭，刀鋒下指，一把將那個小肉團用刀尖挑起來，用力甩落在一邊。

沒有手腳的肉團發出尖厲的叫聲，在地上蠕動，似乎想要做最後的掙扎，竭力從這滅頂之難中逃離。然而，朱顏哪裡肯讓這禍害逃走？她一步踏上前，「唰」的一刀就將那個肉團斬為兩段。

那個詭異的叫聲戛然而止，她不敢喘息，彷彿瘋了一樣迅速揮刀，將那個肉團大卸八塊。同一瞬間，地上的蘇摩猛然掙扎一下，喉嚨裡發出瀕臨死亡的微弱喊叫，再也不動。

朱顏剛剛緩了一口氣，看到這邊的情景，不由得呆住了——蘇摩躺在廢墟裡，全身上下忽然湧出鮮血：雙手，雙腳，脖子……看上去，他受傷的位置、傷口的情況，簡直和剛才那個被一刀刀斬斷的肉團一模一樣！

「這是怎麼回事？」她驚得目瞪口呆，一把拉起申屠大夫，指著地上奄奄一息的蘇摩。「他的身上……為什麼忽然出血？」

申屠大夫正在用尖刀割開自己右手的手腕，將已經變成黑色的血放掉，聽到她的責問，看了一眼地上變成血人的蘇摩，神色卻是淡定。「沒事，這是『孿生鏡像』所導致……我已經事先護住這孩子的心脈，不會出人命。」

朱顏愣了愣問：「什麼叫孿生鏡像？」

「就是他和他的孿生兄弟之間，會存在一種奇特的感應。喏……」申屠大夫指了指地上的那一團血肉，喘著粗氣。「妳落在這個東西身上的每一刀，相應地也都會落在那個孩子身上。」

她顫慄一下，看了一眼蘇摩，不敢想像剛才這個孩子承受多大的痛苦。外面的戰爭還在繼續，喊殺聲如潮，然而那一瞬間，她竟是來不及去想淵怎麼了，只是走過去將奄奄一息的孩子從地上抱起，將他小小的腦袋擱在自己的懷裡，連聲道：「別怕……沒事了、沒事了！」

昏迷的蘇摩彷彿感覺到她的觸摸，卻只是恐懼地瑟縮一下，模模糊糊地喊一聲：「別殺我……姊姊……別殺我！」

她不由得眼眶一熱。在瀕死的劇痛裡，這個孩子竟然以為是自己要殺他？在這個孩子最後模糊的視線裡，看到的一定是她緊張扭曲的臉吧。

「你好了嗎？」朱顏看了一眼申屠大夫，忍不住催促：「快給他用藥啊！手上受傷不方便的話讓我來餵好了，告訴我藥在哪裡。」

申屠大夫看了她一眼，「就在妳身上。」

「什麼？」她不由得愣了一下，「在我身上？」

申屠大夫將尖刀從自己手腕上拔出，將汙血擠乾淨，用破布條草草包紮一下，頭也不抬地問：「止淵大人是不是給過妳一枚環形古玉？」

「啊？」朱顏怔了怔，脫口問：「你怎麼知道？」

「我當然知道，是止大人在出發前親口告訴我的。」申屠大夫怪眼一翻，沒好氣地道：「沒這個東西，我怎麼敢接這趟差事？」

她怔住了。「他……他讓你來找我？」

「是啊。」申屠大夫包紮好自己的手，走過來將手一攤。「給我。」

朱顏下意識地往後縮，按住脖子裡的古玉，搖頭說：「為……為什麼要拿這個玉環？這是淵送給我的！」

「你還要不要他活命了？」申屠大夫卻是不耐煩起來，大喝：「別囉唆！快給我！妳再磨蹭，這娃兒的命就沒了！」

她在大夫凌人的氣勢裡顫抖一下，咬了咬牙，一把扯下脖子上那塊古玉，交到申屠大夫的手裡。「拿去！」頓了頓，她看了一眼地上的蘇摩，瞪了他一眼。「快救他！救不回來，我就把你殺了陪葬！」

申屠大夫冷笑一聲，也不說話，拿過那塊龍血古玉，在手裡一用力，居然就捏成了碎片。

「啊——」

不等朱顏驚呼出來，只見那塊古玉碎裂之後，裡面那一縷紅色居然流動起來。就像是被封印住的血一樣，倏地凝結，滴落了下來。申屠大夫俯下身，手腕一轉，讓那滴血直接滴進孩子被剖開的小腹裡。

那一刻，血肉交融，忽然有一道光凌空而起。

那道光是如此奇特，彷彿漩渦一樣轟然綻放，在半空中擴散，竟然在夜空裡幻化成一條游弋的巨大蛟龍。

「天啊！」朱顏情不自禁地脫口驚呼，仰起了頭。「這……這是蒼梧之淵裡的龍神啊！十三歲那年……我曾經看到過！」

彷彿聽到她的話，虛空裡的蛟龍微微低下頭，對著她點了點頭，似乎遙遙致意。

「火焰般的小女孩……我們又見面了。」隱約中，有一個聲音在她心底響起，雄渾深遠，如同從蒼梧之淵深處傳來。「五年過去了……到了今天，才是星宿相逢的日子啊……」

龍神從半空裡俯下身，用巨大如同日輪一樣的眼睛凝視著她。朱顏下意識地伸出手，卻從龍神的身體裡對穿而過。

「只是個幻影嗎？」那一刻，朱顏恍然大悟。是的，真正的龍神，在七千年前就已經被星尊帝封在蒼梧之淵的最深處，那個封印何其強大，生生世世無人能解開，龍神又怎能脫出？

「龍神……龍神！」遠處的戰火裡傳來驚喜交加的呼喊，「看啊！龍神出現了！祂是來庇佑海國的！我們有救了！」

那是被圍困的復國軍戰士的呼喊，虛弱卻振奮，彷彿絕境裡的人們忽然看到曙光，重新燃起鬥志。那裡面會有淵的聲音嗎？朱顏只聽得心裡熱血沸騰，恨不得能立刻飛奔而去，然而看到躺在地上的蘇摩，又不能馬上離開。

「龍神……真的是龍神啊！」申屠大夫抬頭看著那道在虛空中變幻的光，眼裡也流露出一絲激動。「當祂感應到血脈的呼喚之後，便會綻放出力量！」

她不由得愕然。「什……什麼的呼喚？」

申屠大夫不說話，只是將蘇摩從地上抱起來，朝著龍神的幻影高高舉起，彷彿獻祭。那一瞬間，彷彿是感覺到什麼，盤旋在戰場上空的那一道光忽然呼嘯而至，如同閃電「唰」地從高空射下，直接鑽入孩子赤裸的背部。

昏迷的蘇摩猛然顫抖一下，嘴裡發出一聲低呼，那一刻，孩子的整個身體彷彿被注入閃電，竟然內外通透，如同水晶。那道光在他的身體裡飛快地流轉，彷彿一只梭子，在修復這一具殘破的身體。瞬間，所有致命的傷口全部復原，再也沒有一絲血流出。

朱顏只看得目瞪口呆，說不出一句話。

當最後一個傷口也消失之後，那道光在蘇摩的背部停下來，瞬間凝聚，然後又瞬間黯淡。當一切都消失之後，地上只有一個昏迷的孩子，他背後蒼白的肌膚上有著一片黑色，完好無損。

那道光，就是熄滅於此處。

「蘇摩！」她從震驚中回過神來，立刻衝過去，一把將孩子抱起來，將蘇摩抱在懷裡看了又看。孩子還活著，氣息已平穩許多，看上去和之前並無二致。她心裡又驚又喜又納悶，沒想到淵的這塊古玉居然還有療傷的奇效。

「現在怎麼辦？」朱顏回頭想找申屠大夫，卻發現那個老人正躬身從地上一塊一塊地撿起了什麼東西，不由得一怔——這個大夫，竟然把那一團四分五裂的血肉重新撿起來。

「喂，你要做什麼？」她愕然，「那是……」

「拿回去研究一下。」申屠大夫用破布包起了那團血肉，呵呵笑一聲。「這種怪胎可是極其罕見的病例，一百年也難得看到一個。」

朱顏不能理解這個奇怪的大夫，只覺得不舒服，便道：「好了，現在那邊的關卡也撤掉了，沒人攔著，你先帶著蘇摩回去赤王府的行宮，讓盛嬤嬤好好照顧這個孩子。」

「什麼？」申屠大夫愣了一下，「妳不回去嗎？」

「我不回去。」她騰出一隻手，從地上拔起那把九環金背大砍刀。「我要去找淵，你帶著這小兔崽子先回去吧。」

「郡主，妳還是不要去了。」申屠大夫沉默了一瞬，「在出來的時候，止淵大人對我說過，讓妳帶著蘇摩撤到安全的地方等著他。等戰火平息，他一定會來找妳的。」

「真的？」她怔了怔，「他是這麼對你說的？」

「當然。」申屠大夫翻了翻白眼，「難不成是我騙妳？」

「說謊！」朱顏只想了一瞬，忽地抬起眼，瞪著這個老人。「淵怎麼會知道蘇摩？他可從來沒見過這個孩子！」

申屠大夫一時間啞口無言，不知說什麼好。

「別浪費唇舌了，我不會扔下淵不管。」她抬起頭，看著不遠處的火海，將懷裡的蘇摩遞給大夫。「你反正也幫不上什麼忙，就替我把這孩子帶回行宮去吧。」

重傷初癒的孩子在大夫懷裡，瘦小得如同一隻貓，申屠大夫抱著蘇摩，臉上的神情十分凝重，似乎是托著什麼價值連城的珍寶。他看了看赤之一族的郡主，忽然問一句：「妳就那麼喜歡止大人嗎？」

朱顏愣了一下，卻是坦然答道：「是啊。」

「為什麼？」申屠大夫瞇起眼睛，看著這個錦衣玉食的小郡主。「因為止大人長得好看？」

「也不只是這樣。淵很溫柔、很親切啊……他一直對我很好，比父王、師父都好呢。」她歪著頭想了一下，想不出什麼來，便道：「反正我從小就很喜歡他啦！」

「可是，止淵大人不見得同樣喜歡妳啊。」那個大夫居然破例地多話起來，反問她一句：「不然為什麼總是妳去找他，他卻從來沒有來找妳呢？」

朱顏震了一震，竟然說不出話，在那一瞬，只覺痛得發抖。朱顏站在廢墟裡，慢慢鬆開捏著孩子臉蛋的手指，臉上的笑容消失，眼裡的光亮也迅速黯淡下來，隱約有淚光。

沉默了片刻，當申屠大夫鬆一口氣，以為可以帶她一起離開戰場時，朱顏卻忽地白了他一眼。「你這傢伙，哪來那麼多話？快，帶這個小傢伙離開這裡！若有什麼差池，我回頭可饒不了你！」

她邊說著，邊重新將大刀從地上撿起來，「唰」的一聲揹到了背上，回頭就往戰火裡奔過去。剛走幾步，她又站住腳步，回頭對著申屠大夫笑了笑說：「哎，他當然不喜歡我，我早就知道了。」

那個十九歲的空桑貴族少女，揹著巨大的九環金背大砍刀，站在烈火熊熊的戰場裡，赤紅色的長髮獵獵如旗飛揚，回眸而笑，眼裡的淚痕卻尚未消散。那樣明亮、烈豔而無所畏懼，如同此刻燃燒的火焰。

「可是，他喜不喜歡我，又有什麼關係呢？我喜歡他，那就夠了！」她在戰火中大聲道，足尖一點，瞬地從廢墟裡掠出，如同一枝呼嘯的響箭射入戰火中，一去不回頭。「我現在就要去救他，誰也攔不住我！」

申屠大夫站在廢墟裡，懷裡抱著剛剛死裡逃生的小病人，怔怔地看著那個背影，一時間也沒有說話。

「唉，這丫頭！」許久，老人嘆了口氣，搖著頭嘀咕：「我就和止淵大人說過，估計是怎麼也沒辦法攔住她的……我盡力了，只能由她去吧。」

「姊姊……姊姊……」懷裡的孩子還在劇痛裡顫慄，不停喃喃，昏迷中說著語無倫次的話。「不要殺掉我！姊姊……姊姊！」

「居然叫她『姊姊』？」申屠大夫愕然，低下頭看著懷裡的孩子，喃喃道：「叫一個空桑人『姊姊』，會令長老們失望吧？」

他將孩子抱在懷裡，審視似地看了片刻，神色漸漸變得有一絲捉摸不透。

「來吧，跟我去見長老們……他們為了你的到來，已經等了很久、很久。」

他抱起蘇摩，一瘸一拐地往回走。

然而，他前往的卻不是赤王府行宮的方向。

朱顏揹著大刀，在戰火紛飛裡急速穿行。

她用了隱身術，在戰場上下跳躍，避讓著火炮和弓箭，飛快從周邊直插入前線核心戰場。因為心急，她跑得很快，奔了一刻鐘，眼前便是屠龍村。熊熊的烈火吞噬了整個村莊，每一棟房屋、每一座院落都在燃燒，如同地獄變相。

村外，則是密密麻麻的軍隊。

那一刻，朱顏終於知道為什麼一路過來都沒有看到來自帝都的援軍，因為所有驍騎軍此刻都圍在屠龍村外，鑄成了鐵一樣的圍合陣勢。在青罡將軍的親自統領下，一隊負責截斷陸地上的出路，一隊負責截斷水網通路，另外還有專門的隊伍負責發射火炮，號令嚴明，井井有條。

朱顏心裡一沉。目之所及，整個屠龍村已經被夷為平地，廢墟裡只有烈火，完全看不到一個活人。那些復國軍戰士呢？淵呢？他們都在哪裡？

她心急如焚地穿行，忽然間眼角一瞥，看到有什麼東西朝著她的方向走過來，連忙躲在一旁。

來的是一隊空桑戰士，正拉著一輛馬車在戰場上穿行。

看戰甲似乎是葉城總督府的士兵，並非驍騎軍。那一輛車上，居然重重疊疊堆滿了屍體。她不由得略微愕然：這場仗還沒打完，這些人難道就來打掃戰場、搜集遺體安葬了嗎？可是仔細看那些車上屍體的髮色，全都是鮫人。這是怎麼回事？

她心裡正疑惑，突然聽到有人大喊：「這裡還有一具！等一下！」

帶隊步行的空桑校尉指揮著下屬，用帶著鉤子的長竿從廢墟裡扯出一具屍體，用力往車上扔過去。那個鮫人戰士顯然是戰鬥到最後一刻，手裡還緊緊握著武器。葉城的士兵將這具屍體扔上馬車，忽然間屍體動了一動，發出一聲呻吟，竟然是重傷未死。

車上有人叫了起來：「堆不下啦！別扔了！」

「那就把頭剁下來！」那個校尉在下面喊，揮舞著長矛。「鮫人的眼睛挖出來能做成凝碧珠，可以去西市上賣不少錢呢！一個都不能扔！」

「好吧。」車上的同伴嘀咕一聲，摁住那個垂死的鮫人，一手從腰裡「唰」地抽出長刀，劈頭便斬了下去。

然而，只聽「噹」的一聲，他手腕一震，刀忽然從中斷裂。

怎麼回事？車上的戰士還沒回過神來，只覺眼前一黑，一股大力從側面湧來，肋下一痛，便被人一把踢下馬車。

「誰！」校尉大吃一驚，拔刀厲聲大喊。

然而，戰場裡只有烈火殘垣，哪裡看得到半個人影？

「見鬼。」他四顧一番，忍不住嘀咕一聲，扶起那個摔倒的士兵，持刀小心翼翼地上前，試圖將那個垂死的鮫人戰士抓起，重新斬首。然而，在他動手的那一瞬，耳邊忽然聽到一聲怒斥：「住手！」

那是一個女子的聲音，近在耳畔。

到底是誰？葉城校尉倏地抬頭，刀鋒立刻向著聲音來處砍過去。然而，他拔刀雖快，卻砍了一個空。當他因為收勢不住而往前踉蹌了一步時，一個重重的猛擊落在他的咽喉上，只打得他往後疾飛而出，眼前一黑，瞬間便失去知覺。

「大人！」其他士兵驚呼著一擁而上，但是當先的還沒靠近，接二連三的重擊從空中落下，所有人都被打得飛出去，橫七豎八躺了一地。

在血與火的戰場上，空蕩蕩的沒有一個人，只有一車屍體，以及一個奄奄一息的鮫人。

「見……見鬼了！」那些葉城士兵面面相覷，然後發出一聲驚呼，呻吟著從地上爬起來，顧不得馬車，拔腿一哄而散。

那一行人逃離後，虛空裡有人嘆了口氣。

朱顏用隱身術飛快地解決那一隊士兵，在戰場上蹲下身來，將那個垂死的鮫人從地上扶起來。撥開血汙狼藉的長髮後，可以看出那是一個很年輕的鮫人，看上去不過只有十五、六歲的模樣，清秀的臉龐上有著分不出性別的美麗，應該還是尚未分化出性別的少年。

這張臉，似乎在哪裡看到過？

她心裡微微納悶一下，思索了片刻，忽然想起來——是了！眼前的這個鮫人，豈不就是數月之前在葉城碼頭上偷襲自己的那一隊復國軍的隊長？當時如果不是她運氣好，就直接被他們溺斃在大海深處了。

雖然想起舊怨，朱顏卻無報復之心。她探了探鼻息，發現還有救，便抬起手按在對方的心口上，護住他的心脈，輕聲念動了咒術。

那個鮫人微弱的氣息漸漸轉強，吃力地睜開眼睛四顧。他醒來後茫然地看了一眼戰場，納悶為何忽然間那些葉城士兵會一哄而散，卻怎麼也看不見隱身的朱顏。他喘息片刻，發現身體似乎略微可以移動，便用劍撐住地面，搖搖晃晃地站了起來。

他這是要去找同伴了吧？只要跟著他，便會找到淵的所在。

朱顏默不作聲地站起來，跟在那個少年鮫人的身後，亦步亦趨。

那個少年鮫人戰士一路穿過血和火，踉蹌地往戰場的西南角走去，幾度跌倒又幾度爬起，片刻不敢停頓，眼裡滿是焦急和憤怒，嘴角緊緊抿著，有視死如歸的決絕。

這個傢伙，年紀雖然不大，卻是個天生的戰士呢。

朱顏心裡想著，用隱身術默不作聲地跟在他後面，轉過幾個彎，穿過一大片的廢墟，剛踏上一片空地，耳邊忽然一聲呼嘯，有什麼尖銳的東西劃過。

「小心！」她失聲驚呼，在千鈞一髮之際撲過去，將那個鮫人一把推倒在一旁。一枝流矢擦著她的額頭掠過，痛得她一聲悶哼。那個少年鮫人戰士愣住了，直直看著面前，詫異地問一聲：「誰？」

然而，聲音近在咫尺，面前空無一人。

朱顏跳了起來，顧不得他，扭頭看向前面聲音傳來的方向。

「最後一個據點！」耳邊聽到傳來的號令，卻是青罡將軍的聲音。「調集火炮，攢射！弓箭手準備就位！」

她應聲轉過頭，終於看到左前方密集的軍隊。

中軍帳下，指揮若定的果然是青罡將軍。在他身周，密密麻麻排著三道人牆，弓箭密立如雲，將這個原本位於屠龍村角落位置的小小角樓圍得水洩不通。然而，烈火之中，可以看到角樓裡有人影晃動。

淵！淵會在那裡嗎？

那一瞬，朱顏的心猛然一跳，幾乎跳出胸腔。

她毫不猶豫地往那邊衝過去，邊跑邊從背上將那把大刀拿下來，想要阻止這一輪轟擊。然而，當她拔腿奔跑的時候，十幾根火把已經湊過去，將引線「吱吱」點燃。那些火炮，已經對準復國軍的最後據點，一旦炮火齊發，這樣大的威力連她也擋不住。

「住手！」她心裡一急，也顧不上多想，來不及趕過去，手一揚便將手裡的大刀迎面扔過去。

那一把巨大的刀呼嘯而出，割破了空氣。這一擲她下意識地用上破空術，只聽得「唰」一聲，刀光如同匹練劃破長空，如電閃過，那十幾根火把應聲而滅。九環金背大砍刀沉重無比，截斷了十幾根火把之後去勢不衰，竟是「唰」地插入最後一座大炮裡，將鋼鐵鑄造的炮筒一截為二。

那一刻，戰場上一片寂靜，所有人都愕然看向她所在的方向，青罡將軍也是悚然動容，轉頭厲聲喝問：「是誰！」

朱顏衝到正中間，然而在那麼多雙眼睛的逼視下，頓時心裡一凜，幾乎忘記自己還在隱身，下意識地往後挪一步。

「搜！」青罡將軍手一揮，無數的弓箭手和士兵蜂擁而來，瞬間將她所在之處包圍。朱顏連忙又念一遍隱身訣，保證自己不被看到。然而，看著那些全副武裝的士兵朝自己走過來，一字排開，細細地搜索每一寸，她只能小心翼翼地踮起腳尖閃避著，如同風擺楊柳前後挪移，才勉強從士兵們的縫隙裡閃過。

地毯式的搜索結束後，一無所獲。

「奇怪，這把刀哪裡來的？」青罡看著那把從天而降的大刀，忽地覺得有幾分眼熟，突地站起來。「難道是……」

看到他臉上的表情，朱顏心裡覺得不妙，扭頭也看向那把九環金背大砍刀。那一刻，她明白青罡發現了什麼，只覺得心猛地一沉——糟糕！那把刀！那把她從父王房間裡偷出來的刀上，定然有著赤之一族的印記！

朱顏心裡大驚，拔腿衝過去。在驍騎軍戰士將那把插入炮筒的刀拔出來時，她再也顧不得什麼，衝去劈手將刀奪走，握在了手裡，將其一併隱去。

「神啊……」那一刻，在場的人都驚呆了。

那些戰士眼睜睜看著那把斜插在火炮上的大刀忽然凌空飛起，彷彿被一隻看不見的手操縱著，在半空調轉了頭，然後「唰」的一聲憑空消失。所有人仰頭看著，半晌沒有作聲，如同作夢。

「不好！這是術法！」只有青罡反應最快，立刻明白這是怎麼回事，厲聲大喝：「有術士闖入戰場，大家小心！影戰士出列！」

「是！」

「唰」的一聲，軍隊應聲而動，前面黑甲戰士退開，百人齊齊策馬，從隊伍裡踏出一步。這些人騎著白色的駿馬，身上穿著和普通戰士不一樣的長袍，並且沒有穿鎧甲和護膝，也沒有佩戴兵器，眼神肅穆、氣度沉靜。

每一個人的肩膀上，都繡著皇天神戒的徽章。

朱顏倒抽一口冷氣。影戰士！這……就是傳說中驍騎軍裡最精銳的影戰士？作為六部王室，她從小就聽說過這個稱呼，甚至也有一些血親加入過這個隊伍。這些戰士從六部的貴族子弟中選拔而出，靈力高超，專門配備在軍隊裡，在一般戰鬥中從不露面，只有在一些需要術法配合的關鍵場合才會出手。

如果說驍騎軍是空桑軍隊裡的精銳，那麼，這些影戰士便是精銳中的精銳，每一個都能以一敵百。當那些影戰士連袂踏出時，她雖然還在隱身狀態，卻感覺到一股威壓，下意識地後退一步，眼裡露出一絲恐懼——是的，這些人個個都是術法好手，一旦聯手，她……她可能會打不過吧？

「結陣！」青罡喝令。

「是！」影戰士從四面緩緩策馬，向著她所在的空地圍合。

要逃嗎？朱顏一步一步往後退，手裡握著那把九環金背大砍刀，只覺得掌心滿是冷汗，幾乎握不住。她心裡飛快地盤算著，默默將幾個最厲害的術法口訣回憶了一遍，然而越是著急越是出錯，總是忘了這句、忘了那句，竟然無法瞬間完整地想起來。

怎麼辦？這次師父沒在身邊，真的要自己血戰到底。

她獨自握著刀，站在空地中心，面對成千上萬的軍隊和逼過來的影戰士，忐忑不安。這是她生平第一次獨自面對那麼多厲害的對手，不由得膽怯。天啊……當時在蘇薩哈魯，師父是怎麼做到以一敵萬仍面不改色？那一瞬，她腦子很亂，飛快地想到父母、想到師父，卻又飛快掠過。

不能多想這些……越多想，越心亂。師父說過，臨大事當靜心，如淵渟岳峙，方能擋泰山之崩。

可是……該死的，要怎麼才能靜心啊！

那些影戰士結成陣，向著她所在的地方慢慢走過來，每個人都將手緩緩抬起，在胸口結印。瞬間，一道看不見的光從他們手裡擴散開來，相互聯結，將戰場上這一方空地籠罩。

朱顏知道厲害，再不能坐以待斃，瞬間吸一口氣，手指在刀背上飛快畫出符咒，低喝一聲：「破！」

剎那間，一道赤紅色的火光從刀背上燃起。

她足尖一點地面，雙手握刀，凌空躍起。那把刀附上了赤炎斬的力量，凌厲無比，如同燃燒的閃電。她握刀飛躍，一刀「唰」地下斬，瞬間將即將圍合的無形結界劃開。

力量斬落之處，那些馬背上的影戰士頓時齊齊一震。群馬驚嘶，不住後退，幾乎將他們從馬背上甩下來。雖然看不見，但他們每個人都感受到無形的衝擊，如同有看不見的刀從虛空落下，落在每一個人身上。

一瞬間，正要結成的陣勢陡然便散了。

她一擊打亂對方的布陣，出力巧妙又突然，馬背上的影戰士結印的手指一顫，指尖有血滲出。然而，同一瞬間，帶頭的影戰士也已經通過這一刀的來路，判斷出隱身者所在的方位。他厲喝一聲，一按馬頭，整個人飛速朝著朱顏飛撲過來。

「啊！」那個帶頭的影戰士氣勢洶洶，雙眼殺氣逼人，朱顏畢竟年輕，忍不住脫口驚呼一聲。

這聲一出，更加暴露了自己所在的位置，那個影戰士雙手一錯，指間刹那凝聚出一把透明的長劍，「唰」地就向著她的方位刺過來。

凝冰劍！朱顏聽說過這個術法的厲害，嚇得往後退一步，忙不迭地回過刀，想要格擋劍勢。

只聽「叮」的一聲，寒冰凝成的劍遇到燃燒著烈焰的刀，發出猛烈的震顫。朱顏在那一瞬只覺得一股大力迎面而來，幾乎讓手裡的刀脫手飛出。她用盡全力握住刀，卻依然往後踉蹌一步，忍著劇痛勉力揚起手腕，「唰」地將劍撥開。

當她吃力地將飛來的劍壓住的一瞬，那把冰之劍在她眼前寸寸碎裂，隨即在刀鋒的烈焰裡消失無痕，她頓時一驚又一喜。

不會吧？她……她擋住了？

然而，朱顏還來不及反應過來，發現對方已經逼近，一抬眼，幾乎和他撞了個面對面。那個影戰士首領年齡在三十許，有著剛毅如鐵的眼神和古銅色的皮膚，左頰上一道深深的疤痕赫然刺目。

打了個照面的那一刹那，朱顏忍不住失聲驚呼。

這……這不是玄燦嗎？說起來算是她的遠親，也是傳說中族裡百年一遇的高手……怎麼他現在竟然成了影戰士的首領？

在她的一聲驚呼裡，玄燦雙臂交錯，斷然斬下。

兩道光芒劃面而來，凌厲無比。朱顏驚慌之下來不及使用術法，只是飛快地抬起手，用刀硬生生去格擋。兩道光乍分又合，併為一道，直直擊落在刀背上。她遇到強大的對手，頓時亂了陣腳，虎口劇震。只聽刺耳的一聲響，那把重達幾十斤的九環金背大砍刀，居然從中折斷。

斷了的刀尖往外飛出，「唰」的一聲插入地裡。

「在那裡！」戰場上發出驚呼。那把刀現形，便是暴露這個闖入者的所在位置，所有影戰士「唰」的一聲上前，將朱顏圍在一個直徑不過十丈方圓的空地裡，齊齊結陣，密不透風。

朱顏嚇得倒吸一口冷氣。她不是不知道危機來臨，只是剛才硬生生接了玄燦那一擊，手腕劇痛，骨頭彷彿都斷了，往後連續退了好幾步，差點一屁股坐在地上，根本來不及在這個當下做出任何反應，在千鈞一髮之際逃出去。

就這樣，剎那間結界建立，她被圍困在中間。

「誰？給我出來！」玄燦厲喝一聲，手指一併，那半把插入土裡的刀「唰」地反跳而出，化為一道閃電，向著她所在的方向迎頭射來。

朱顏心裡一驚，想要再度格擋，卻發現手裡拿著的是斷了半截的刀。她一咬牙，「唰」的一聲將九環金背大砍刀收回背上的刀鞘，騰出雙手，飛快結一個印——用這麼笨重的武器太不稱手，還是直接用術法好了。

金湯之盾，她用起來最熟練的一個咒術。

當她的尾指勾出最後一筆時，一道金色的光在她面前展開，如同一把傘。只聽一聲裂帛，飛來的斷刀刺入金光，竟然在一瞬間被熔化。

怎麼？這麼輕鬆就擋住了？朱顏愣了一下。那一刻，對面發動攻擊的玄燦全身一震，竟然往後退　步。

朱顏一招得手，不由得嚇一跳。金湯之盾只是師父所教術法裡的中等級防禦術而已，這一招施展出來，竟然這麼厲害嗎？

她心裡又驚又喜，就像學步的孩童第一次嘗試到飛奔的快感，竟有按捺不住的激動，轉頭看到其他影戰士蜂擁而來，知道一場大戰在即，心裡卻並無驚慌。她拍了拍身上的泥土，飛快扯下一塊衣襟，蒙住自己的臉，嘀咕一聲：

「好，儘管放馬過來吧！」

等一下估計是一場惡戰，萬一混戰中自己的隱身術被人破了，豈不是讓赤王府惹了大麻煩？還是先蒙住臉比較保險。她雖然平時大大剌剌，但在關鍵時候，並不是個沒有腦子的人。

然而，不等她繫好布巾，攻擊已然發動。

影戰士策馬而上，將她團團包圍，各自雙手交錯胸前，開始收縮結界。她只覺得頭頂的天空一分分地變成血紅色，無數細小的閃電交錯穿行，如同群蛇飛舞。她認得這是師父說過的血池大陣。

一百位術士的力量，結成堅固無比的結界，將一切有形有血的生靈都困在其中，無一能逃脫。

然而，身為九嶷門下高徒，這哪能困得住她？

當血紅色的網迎頭落下時，朱顏仰起頭，從脣間吐出一聲清嘯，十指飛快在胸前交錯，變幻出複雜的手勢。每一次變幻，指尖都綻放出光華。她的口脣無聲翕動，吐出綿延的咒語。

這是「天霆」，召喚天地間雷電的力量。

當最後一句咒語順利完成之後，她雙手食指指尖對指尖，迅速合在一起，又迅速分開。那一瞬，她食指上綻放出強烈的光芒，如同召喚了一道閃電從天而降，擊中落下來的血紅色羅網。

「嚓啦」一聲，那一道密布的羅網在剎那間被無形的閃電斬為兩半。朱顏抓住這閃電般的機會，從血紅色的網裡破網而出，乘著閃電飛向天空，如同一隻輕靈的燕子。

居然一擊就奏效了！師父教給她的術法可真是厲害啊！

然而，當她剛剛興高采烈地想到這裡、衝出羅網的瞬間，一股巨大的力量忽然騰起，如同巨錘擊向她的胸口。朱顏身在半空中，根本無法避開，只「啊」了一聲，眼前一黑，便從半空裡頹然跌落，吐出一口血來。

跌落地面的一瞬，她看到一百個影戰士同一剎那也從馬背跌落。每個人都和她一樣捂著胸口，嘴角沁血。

她猛然一驚，倒吸一口冷氣，頓時明白過來：對了……她怎麼忘了？施用天霆這麼凌厲的咒術，必然會有反噬。自己真是得意忘形，以為只要用出最厲害的術法便能打發掉所有敵人，完全忘了所有的術法都有代價。

她吸了一口氣，勉強撐著身體，想要從地上爬起來。

然而，在同一瞬間，她看到玄燦也從地上踉蹌爬起，手裡握著一枝青色的像箭一樣的東西，念了幾句，揮手便往她所在的方向打過來。糟糕！這……這是青犀刺吧？極厲害的法器，萬一被打中……

朱顏大驚之下往前奔出，身體一側，竭盡全力想要躲過呼嘯而來的青光。然而她的四肢百骸像碎了一樣疼痛，動作因此慢半拍。只聽一聲裂帛，身上猛然有劇痛的感覺，彷彿虛空中有什麼東西被撕破了。

「在那邊！」忽然間，她聽到戰場上響起轟然的驚呼，無數雙眼睛看過來，直直地盯著她，紛紛低呼：「居……居然是個女人？」

這是怎麼回事？隱身術被破掉了嗎？

朱顏吃了一驚，默默運起靈識一看，發現護體的咒術果然已被青犀刺擊破，不由得一顫，下意識地摸一下臉——還好，蒙面的布巾還在，沒有掉落。好險，她真是有先見之明……然而，不等她沾沾自喜地想完，耳邊只聽一聲厲喝：「所有人上前，把她拿下！死活不論！」

中軍帳下的青罡將軍看到這個竟敢單槍匹馬闖入戰場的女人，虎目如電，厲聲下令。所有影戰士齊齊一震，從地上紛紛站起，朝著她逼了過來。

朱顏赤手空拳站在原地，感覺胸口的血氣還沒有順，看著無數朝著自己奔來的戰士，心裡不由得七上八下，緊張萬分。那一刻，第一個掠過她腦海的術法，居然是飛天遁地之術。

看這情況，她要打肯定是打不過，還不如跑了吧？可是……如果就這樣跑了，豈不是把淵扔在這裡不管嗎？眼前大軍壓城，他和復國軍剩下的戰士是萬萬活不了的……

然而，剛想到這裡，影戰士們已經衝到面前。

來不及逃了，算了，還是硬碰硬打一場吧！

朱顏吸一口氣，把心一橫，捲起袖子，左右手分別結印，瞬間便準備好了咒術攻擊來敵。可是，她剛要動手，無意一瞥，看到火海裡有黑影一動，火焰無聲無息地分開，有什麼掠過。

此刻，滿場的注意力都被她吸引，沒有人注意到這細微的變化。

中軍帳下垂落的旗幟一動，似乎有風吹過。

「啊？」朱顏在這邊看得真切，不由得失聲叫了起來。是的，有人！那裡竟然有一個人，趁著這個時機突破變得薄弱的防護，單刀直入地逼近中軍帳。

她剛脫口叫了一聲，影戰士們紛紛逼上，凌厲的攻擊逼得她不能呼吸。

朱顏把心一橫，雙手朝外緩緩推出，如彎弓射日，右手和左手中指瞬間扣起又彈直——左手是藏劍術，右手是疾風斬，每一種都有大殺四方的攻擊力。師父在教給她的時候也曾經說過，這兩種咒術一旦發出，方圓十丈內無人能活，必須謹慎使用。

但如今不是沒辦法了嗎？都是你們逼我的！

那些影戰士的攻擊還沒抵達，她的左右手已經釋放咒術。半空中忽然有千百柄利劍出現，同時，憑空捲起一陣狂風。那些利劍被捲入風裡，呼嘯著刺入千軍萬馬之中，現場頓時發出一片哀號。

朱顏站在原地，雙手相扣，放在胸口。

力量從六合之中被召喚而出，洶湧注入她的體內。以她為中心，平地上爆發一陣可怖的劍雨疾風。方圓半徑之內，一匹匹戰馬屈膝墜落，一個個戰士呼號跌倒。景象之慘烈，如同地獄。

朱顏畢竟年紀輕，從未如此近距離地目睹過戰爭的殘酷和血腥，心裡頓時一驚，有一種無法承受的恐懼——是的，這些都是空桑人……都是她的族人！難道，她真的要親手殺死他們？

施用術法時是容不得半分猶豫心虛的，她念頭一動，便踉蹌往後退了一步，手裡結的印不知不覺鬆開，疾風頓滅，利劍紛紛消失。

然而在這樣的緊要關頭，青罡將軍從馬上跌了下來。

「將軍！」左右護衛一聲驚呼，想要上前攙扶，忽然間一道電光，尖利的刀鋒掠過，那些護衛便已身首分離。

「給我住手！」一個聲音厲聲喝道：「誰都不許動！」

驍騎軍齊齊一驚，轉頭看去，卻看到從火海裡不知何時殺出了一個人，赫然已經在馬背上制住青罡將軍，將雪亮的利劍架在統帥的脖子上。

「淵！」

那一刻，她忍不住失聲驚呼——那是淵！那個從火海裡衝出來，在千鈞一髮之際脅持青罡將軍的，竟然是淵！

淵從烈火裡現身，趁對方分心的一瞬間，擒賊擒王，迅速將驍騎軍的統領制服，出手之快之準，令人瞠目結舌。只是一擊之間，他便翻身躍上馬背，將手裡的俘虜高高舉起，對著空桑大軍厲聲喝令：「都給我住手！」

然而，青罡將軍也是硬氣異常，雖然落入敵人之手卻絲毫不畏懼，竟掙扎著說出一句話來：「別管我！殺……殺了他們！」

不等他一句話說完，淵一隻手扣住青罡的咽喉，另一隻手倒轉刀柄，重重地擊中他的啞穴和麻穴，令他再也無法說出一個字，然後單手將驍騎軍統領高高舉起，厲喝：「所有人後退！否則，斬殺主帥！」

一時之間，驍騎軍群龍無首，有略微的猶豫。

朱顏在不遠處看著這一幕，不由得倒吸一口冷氣。那麼多年來，她還是第一次看到淵展露這樣的一面。如同血與火裡淬煉出的一把劍，再無絲毫的似水溫柔。

她心裡一震，情不自禁地向他奔跑過去。

然而，在這雙方劍拔弩張對峙的短短瞬間，沒有人注意到那些差點被點燃的火炮忽然悄無聲息地改變炮口的方向，像是有無形的線牽引著，憑空調轉炮口，對準地上的復國軍首領。

那是玄燦在一旁默默施展術法，無聲無息地調度著火炮的角度，瞄準敵人。作為身經百戰的軍人，他只聽從一個人的命令，那就是驍騎軍的統領。既然青罡將軍已親口下令說不要管他的安危，必須殲滅來敵，那麼，作為影戰士的首領，他必須聽從這個指令。

他要祕密控制所有火炮，將這個逆賊和將軍一起粉碎。

「退後！」淵扣住人質，厲聲喝道。

驍騎軍在他的逼視下微微往後退了一步，卻不肯撤離，所有人都看向另一邊的白色旗幟——那裡，是此次戰役的另一個頭領，葉城城主白風麟。然而此刻白風麟的臉色陰晴不定，半晌沒有說話。

此次清剿復國軍聲勢浩大，甚至驚動了帝都，若是此時功虧一簣，他自然無法和帝都交代。可是青罡是青王長子，若他死在鮫人的手裡，這個重擔不要說是他，就連整個白之一族也擔不起。更何況，父王曾經私下和他祕密吩咐過，要他在此次動亂中，不露聲色地削弱青之一族的力量。

情況錯綜複雜，事情卻發生得突然。要在其間權衡輕重，一時間便是心機深沉的葉城總督也舉棋不定。

「後退！」淵一手提著青罡，另一手的劍鋒已經切入他的側頸，鮮血湧出。淵厲聲大喝：「立刻都後退！否則我殺了他！」

戰場寂靜無聲，所有人屏息以待。

淵策馬前行，逼視著敵軍，一步一步往前。他所到之處，驍騎軍無聲後退，鐵桶似的包圍網彷彿被一把刀一點點撕裂開來。當道路被清理出來後，在淵的身後，那座燃燒的角樓裡，魚貫走出一百多個復國軍戰士，個個都已經筋疲力盡，如同窮途末路的困獸。

他們跟在淵身後，一步步離開。

要是再攻打一刻鐘，這些鮫人估計就要撐不住了吧？白風麟在心裡默然想著，眼睛卻不離青罡左右，心下暗自焦急。青罡死死地盯著他看，眼裡滿是血絲，如同火焰燃燒。白風麟知道他的意思，知道他在催促自己下令合圍，放棄營救他，捕殺所有鮫人。青罡畢竟是軍人出身，悍不畏死，可是……

白風麟苦笑一下，默默搖了搖頭，別開視線。

——是的，本來接到父王的密令，要趁機削弱青之一族的力量。我倒也想讓你就這樣死了，既榮耀你的家族，也成全我的功績。可是，你若在眾目睽睽之下因我而死，你那個野心勃勃的老爹會放過我嗎？這個黑鍋，在明面上我可是揹不起。

「放人。」白風麟嘆了口氣，調轉手指發出命令。看到統帥的命令，驍騎軍倏地左右退開，讓出一條通路。

青罡狂怒，目眥欲裂，知道白風麟不可指望，便狠狠看向一旁的影武士首領玄燦，眼裡帶著怒斥。彷彿知道將軍的命令，玄燦默不作聲地點了點頭。

然而，朱顏不知道這邊暗流洶湧，看到空桑軍隊退開，不由得鬆一口氣。她站在烈火燃燒的戰場上，看著淵策馬朝自己一步一步走過來，竟然是有些恍惚——這一刻的淵，和她心裡的那個溫柔陪伴者完全不一樣，簡直是十幾年來從未見到過的另一個人。

她心裡撲通直跳，忘了自己還蒙著臉，就站在那裡看著他。

從那個角樓再往外走十幾丈便是水道，直通城外的鏡湖。淵帶領著一行復國軍戰士警惕地看著周圍，緩緩朝著那裡逼近。只要一回到鏡湖，就再也沒有任何力量可以困住鮫人。

淵押著青罡走到水道邊上，看著復國軍戰士一個個投入水裡。當人撤離得差不多時，他回身看了一眼，鬆開扣住青罡的手。

那一刻，朱顏忽然發現有什麼不對勁——那些火炮！幾乎沒有人留意到，隨著他們的腳步，那十幾門火炮的炮口在無聲無息地移動著，調整著微妙的角度，始終對準這一行復國軍戰士。

一股寒意從內心直升而起，她失聲驚呼：「淵！小心！」淵站在水邊，聽到憑空傳來的一句話，不由得震了一下，下意識地抬頭看過來，看到這個蒙面的少女，不由得愕然脫口：「阿顏？」

然而，在他視線離開的一瞬間，十幾門火炮忽然間無火自燃，同時對準了倖存的鮫人戰士，猛然開火。

「不！」朱顏失聲驚呼，不顧一切地衝過去。

炮彈離開炮膛，在虛空裡劃出弧線。她飛身躍過去，擋在淵的面前，一手撐地，嘴裡飛快地吐出咒術。那一瞬間，或許是因為心急如焚，她的聲音竟然快過了炮火。只見土地忽然裂開，巨大的樹木拔地而起，飛快地交織生長，繞在他們周圍。

轟然的巨響裡，十幾門火炮同時轟擊而至，發出令天地都顫抖的聲音，震耳欲聾。這樣龐大的力量，可以把血肉在瞬間化為灰燼，然而，那些飛來的火炮被那些瞬間從大地裡生長出的樹木盡數攔住。

太好了！這一次，終於是趕上了！

朱顏鬆一口氣，第一次成功地用千樹擋住力量巨大的攻擊，她只覺得全身的骨骼被震得生疼，整個人搖搖欲墜。她頹然鬆開交錯的十指，解除了結印。經受住猛烈的轟擊之後，那些瞬間長出的樹木也瞬間凋落枯萎，重新回到土地裡，化為烏有。

一切只不過是一瞬間，宛如一場幻覺。

淵在火炮襲來的那一刻，迅速將手裡的青罡扯過來，當作盾牌擋在前面。炮火雖然被術法封住，但首當其衝的青罡已然身受重傷、昏迷不醒。淵順手將青罡扔在地上，回過頭愕然道：「是妳？」

那些枯枝灰土裡，有一個聲音清脆地回答：「嗯！是我！」

朱顏從地上灰頭土臉地站起來，扒拉開一頭一臉的樹葉，看著他笑。雖然臉上還蒙著布巾，但一雙眸子明亮如同星辰。她顧不得自己身上的疼痛，跳出來看了看淵，長長鬆了口氣：「太好了，你……你沒事！」

淵卻皺眉，沒有一絲喜悅地低斥：「妳瘋了嗎？為什麼跑來這種地方！」

一上來就被罵，朱顏覺得有些委屈：「還不是因為你？」

淵看著她，又看了看她身後的空桑軍隊說：「妳這樣跑出來拋頭露面，就不怕給赤之一族惹禍嗎？妳做事能不能不要這麼不管不顧！」

朱顏本來懷著滿腔的熱情和喜悅，被他劈頭一罵，頓時如同一盆冷水潑下，臉上的笑都被凍住了，只能訕訕地摸了摸自己臉上的蒙面布巾，嘀咕道：「沒事，我及時蓋住了臉……他們又不知道我是誰。」彷彿生怕他又責罵自己，她急急道：「好了，你們先離開這裡再說吧！」她看一眼幾乎已染成紅色的河道，「是從水路走嗎？」

「不知道，還得拚一拚。」淵低聲道：「他們在河道裡設下許多關卡，重兵把守著，鏡湖入口處還有玄鐵的格柵，上面罩了很厲害的結界。我們的人裡面有許多傷患，根本無法突破這些關卡。」

「誰說無法突破？看我的！」朱顏低斥一聲，雙手乍合又分，掌心赫然結了一個璀璨的金印。然而，才剛結了印，還沒有釋放出咒術，一股劇痛驟然湧上心口，痛得她一個顫抖。

「怎麼了？」淵看到她臉上變色，不由得問。

「沒事。」她勉強忍住痛呼，搖了搖頭，看一眼重新向著他們圍過來的驍騎軍，深深吸一口氣，雙手抬起，向著虛空釋放咒術，然後飛快向下一斬。瞬間，水流嘩啦湧起，如同被看不見的力量凌空吸起，往前激射而去，在半空中凝結成一枝巨大的箭。

落日箭——以地為弓，以天為靶，上可貫日月，下可洞穿黃泉。在師父傳授給她的所有咒術裡，攻擊力量數一數二，今日卻還是第一次使用。

「怎麼樣，厲害吧？看我的！」她強行忍住手指上的劇痛，回眸對著淵揚眉一笑，眼眸裡盡是驕傲。「破！」

朱顏雙手交扣，在胸口作勢如拉弓滿月，然後鬆開手指，「嗖」地射出——半空中，那枝水流凝聚成的巨箭呼嘯而出，劃破了虛空。

那枝箭沿著水道飛快前行，一路勢如破竹，所向披靡。只聽驚天動地的一聲響，空桑軍隊布置在河道上的鐵網柵欄轉眼粉碎。

然而，那一刻朱顏覺得胸口劇痛，似乎也有一枝箭「嗖」地插入心窩，痛得她臉色煞白，剛想開口說什麼，卻猛然吐出一口血來。

「阿顏！」淵失聲驚呼：「怎麼了？」

她知道那是反噬的力量，吸一口氣，勉強將咽喉裡的血咽下去，搖了搖頭。「沒事。」看著圍過來的驍騎軍，她連聲催促：「快走！」

「那妳……」淵有些遲疑。

「我來斷後！」她乾脆俐落地說：「快！」

淵有些猶豫不決，然而知道機會稍縱即逝，等驍騎軍重新合圍，所有人再也難以活命，於是不再遲疑，揮手下令：「所有人立刻由水路撤退，返回鏡湖大營！」他點了一個當先的戰士，卻是被朱顏從屍體堆裡所救的那個少年，吩咐道：「簡霖，由你負責帶大家撤離！」

「是！」那些復國軍戰士雖然都重傷在身，已是強弩之末，卻依舊訓練有素，自動列隊，由輕傷者攙扶重傷者，魚貫躍入水中。

「攔住他們！」葉城總督瞬間站起，厲聲道：「一個都不許走！」

然而，哪裡還來得及？復國軍一躍入水中，如魚得水，瞬間就沿著被拆去屏障的水路飛快地撤離，轉眼就游出了十幾丈。

正當復國軍離鏡湖入口還有幾丈遠的時候，憑空彷彿忽然出現一堵無形的牆壁，當先的戰士發出一聲痛呼，仰面往後倒，撞得頭破血流。

怎麼回事？難道前面還有術法結界？朱顏大吃一驚，來不及細想，轉瞬又發出一次落日箭，再度沿著河道呼嘯而去。射出這一箭後，咽喉裡的血再也忍不住，「噗」的一聲噴在了地上。

然而，這一次她的落日箭被無形的牆擋住了。

凝聚天地力量的箭，呼嘯著射出，居然在葉城鏡湖入湖口的地方忽然間停住了。彷彿虛空裡有一面無形的盾牌，讓這一枝利箭再也無法前進半步，就這樣抵在半空中，顫顫無法更進一步。

怎麼回事？那難道是師父設下的咒術結界嗎？

朱顏心裡又驚又急，眼看驍騎軍已經沿著河道策馬，馬上要在湖口追上撤退的復國軍戰士，她再顧不得什麼，足尖點住地面，雙手虛合又開，如同彎弓，蓄足了勢，再度「唰唰」補射了兩箭。

這兩箭飛快地呼嘯而出，直接擊中前面那一箭的末尾。

這三箭疊加，箭箭相連，力量一次大過一次。三次疊加的巨大力量，終於讓前面那枝被定住的箭動了一動，往前艱難地推進半尺。

「喀嚓」一聲輕響，虛空裡，彷彿有什麼東西碎裂。

同一瞬間，復國軍面前無形的牆壁也在剎那間崩塌，被攔住許久的戰士們如同箭一樣在水裡游出，在簡霖的帶領下躍身進入城外廣闊的鏡湖，然後如同一尾魚一樣消失在浩渺的煙波裡。

淵是隊伍的最後一人。他卻停下來，回身看向她。

「快走！」朱顏站在廢墟裡，硬撐著一口氣。「別管我！」

被無形的力量逼迫，落日箭一分一分地往後退，她只能竭盡全力維持著術法，讓這個通向鏡湖的通道不至於重新閉合。若是淵還不趕緊撤退，她可馬上就要撐不住了。

然而，虛空裡的力量忽然間加大，從各個方向擠壓而來。她身體晃了一晃，臉色有些發白。這個結界是如此厲害，難道……是師父布置的嗎？

「快走！」她心裡有不祥的預感，忍不住大喊一聲。

然而，這聲一出，頓時便洩了她勉強維持住的一口真氣。本來正被緩緩逼退的落日箭「唰」地往後彈出，以驚人的速度呼嘯著反擊向她自身。

朱顏大驚，知道這就是咒術反噬的力量，卻已經措手不及，只能眼睜睜看著三枝落日箭首尾相接，魚貫而來，連珠一般刺向她的眉心。她抬起手飛快地結印，想要抵擋，然而剛一動，嘴裡便是一口鮮血吐出。

眼看落日箭就要穿顱而過，千鈞一髮之際，忽然一道光掠過，如同閃電下擊，將來勢截斷。於是反噬的落日箭化作一道金光，轟然而散。

「淵！」朱顏看清楚來人，不由得失聲。

是的，在這時候返身回來救她的，居然是淵。

第二十四章　戰之殤

淵斷然返回，轉身重新衝入戰場，拔劍斬落三枝落日箭，身形如同白鶴回翔天宇。鮫人水藍色的長髮在戰場上獵獵飛揚，猶如最亮的旗幟，一瞬間令朱顏有些失神。

記憶中的淵，明明不是這樣子。

是不是因為她太小，迄今只活了十九年，所以對這個已經活過了自己十倍以上歲月的鮫人，其實是完全不瞭解的？如果眼前這樣的人才是真正的淵，那麼，她從小的記憶、從小的愛慕，難道都投注給一個虛幻的影子嗎？

她怔怔站在那裡，一時間竟然沒有來得及留意那個通往鏡湖的通道在失去她的支撐之後，竟然已轟然關閉。

此刻，四周大軍環顧，淵已經回不去了。

「妳傷得重不重？」淵卻沒有在意這些，眼裡滿是擔憂，一把抓住她的肩膀把她扶起來。「還能走嗎？」

她心裡一暖，幾乎要掉下眼淚，跺了跺腳失聲說：「你……你剛才為什麼不走？這回死定了！」

「我要是就這樣走了，妳怎麼辦？」淵握劍在手，掃視一眼周圍逼上來的軍隊，將她護在身後。「這裡有千軍萬馬，若只留下妳一個人，妳萬萬是沒辦法脫身的。」

她心裡一暖，剛要說什麼，卻被他一把拉起來厲聲道：「愣著幹嘛？快跟我來！」

淵帶著她在戰場上飛奔，左突右閃，忽地躍起，將當先馳來的一架戰車上的驍騎軍給斬下去，並一把拉起她，翻身而上，握住了韁繩。

朱顏怔愣一下問：「你……你打算就這樣衝出去？」

「那還能怎樣？」淵沉聲回答：「既然無法回到鏡湖那邊，也只有往回衝了。」

話音未落，戰車衝入一支迎面而來的騎兵隊裡，七、八柄雪亮的長槍急刺而來。「拿著！」淵厲喝一聲，將馬韁扔給她後，從腰側抽出長劍。朱顏下意識地接過轡繩，然而等她剛控制住馬車，雙方已經飛速地擦身而過。那一瞬間，有一陣血雨當頭落下，灑滿了衣襟。

劍光如同匹練閃過，三名驍騎軍戰士從馬上摔落，身首異處。淵斬開了敵人的陣勢，戰車從缺口裡飛快衝出。朱顏坐在駕馭者的位子上，有一個戰士的首級正好摔在她的前襟上，滾燙的血噴濺她半身。

她在一瞬間失聲尖叫，慌亂地將那顆人頭從膝蓋上拂落，卻忘記手裡還拿著轡繩。一瞬間戰車失去控制，歪歪扭扭朝著一堵斷牆衝過去。

「妳在做什麼！」淵飛身躍過去，一把從她手裡奪去轡繩，厲聲道：「給我鎮定一點！」

他手腕瞬間施力，將失控的駿馬生生勒住，戰車在撞上斷牆之前終於拐一個彎，勉強避開。他側頭看一眼朱顏想要怒斥，卻發現她正看著膝蓋上那顆人頭，臉色蒼白，全身都在發抖。

那是一顆驍騎軍戰士的人頭，比她大不了幾歲，看起來只有二十歲出頭的樣子，睜著眼睛，猶自溫熱。這個年輕戰士的頭顱，在被斬下來的瞬間，眼睛裡還凝固著奮勇，並無絲毫恐懼。

朱顏捧著這顆人頭，顫抖得如同風中的葉子。

這是一位年輕的空桑戰士，立誓效忠國家，英勇戰鬥至死。他的一生毫無過錯，甚至可說是輝煌奪目。可是……她又在做什麼？為了一個叛亂的異族人，斬下一個同族的人頭？

那一刻，一直無所畏懼的少女劇烈地發抖起來，彷彿心裡有一口提著的氣忽然間散掉，那些支持著她的勇氣和熱血猛然冷卻下來。她頹然坐在馬車上，看著燃燒的戰場、滿目的廢墟、蜂擁的軍隊，懷抱著那一顆人頭，忽然間放聲大哭。

當初，在師父讓她選擇站在哪一邊的時候，她曾經明晰地說出過答案。在那時候，她充滿信心，覺得即便是得知了預言，也不該被命運壓倒、不該盲從。她覺得自己應該幫助鮫人一族，哪怕與族人為敵。

是的，她不信命運，她還想搏一搏！

在那時候，她以為自己可以分辨對與錯、是與非，能憑著自己的力量處理好這些錯綜複雜的問題。可是到了現在……她還敢說自己一定有勇氣繼續堅持下去，踏著族人的鮮血繼續往前走嗎？

淵看在眼裡，不出聲地嘆了一口氣，「啪」地一下將那顆人頭從她手裡打飛。

「好，別看了。」

「你！」朱顏失聲，卻對上一雙深淵一樣的眼睛。淵的眼神如此陌生，卻又依稀帶著熟悉的溫暖。他伸出手，輕輕拍了拍她的肩膀說：「阿顏，妳還不是一個戰士，不要看死者的眼睛，會承受不住。」

她咬著牙別開臉，深深呼吸著，竭力平息身上的顫慄。

迎面而來的是如山的大軍，長刀如雪、弓箭似林，嚴陣以待。他們兩人駕著一輛戰車，孤注一擲，如同以卵擊石。朱顏振作起精神，勉力和他並肩戰鬥。這一路上，他們一共遭遇了五撥驍騎軍的攔截，都被淵逐一斬殺，硬生生衝出重圍。

兩人駕著戰車，從驍騎軍合圍的最薄弱之處闖出，向東疾馳。

朱顏從未見過這樣的淵，所向披靡，如同浴血的戰神。甚至，當劍鋒被濃厚的血汙裹住而無法繼續斬殺的時候，面對追上來的影戰士，他竟然幻化出數個分身，迎上去搏殺。

她在一旁輔助著，只看得目瞪口呆。淵所使出的已不僅僅是劍術，甚至包括許多精妙的術法。這些術法和她從九嶷學到的完全不同。他……他怎麼也會術法？海國的鮫人一族裡，也有懂術法的嗎？

當闖出最後一圈包圍的時候，他們兩人的身上已經斑斑點點全是血跡，筋疲力盡。淵駕著戰車從屠龍村的戰場裡闖出，一路奔上官道，竟是毫不遲疑地朝著葉城方向衝去。

「你瘋了嗎？為什麼要回城裡？」朱顏嚇了一跳，「那裡全是總督的人啊！」

「不，我們得回星海雲庭。」淵沉聲道，語氣冷靜。「他們不傻，在碧落海那邊一定也布置了重兵，等著我們自投羅網。」

「回星海雲庭做什麼？那才是自投羅網！」她茫然不解，忽地想起一個人，心裡頓時有些不舒服，脫口道：「啊？你是想去找那個花魁嗎？她……她到底是你什麼人啊？」

淵看了她一眼不說話。

「不過，我想她現在應該自身難保吧？」朱顏想起那個女人，心裡不是滋味，皺著眉頭道：「那天師父可把她折磨得很慘……哎，她好像很硬氣，為了不供出你的下落，咬著牙挨了那麼厲害的刑罰。」說到這裡，她語氣裡的敵意漸漸弱去，竟露出一絲敬佩來。「能在師父手下撐那麼久，整個雲荒都沒幾個，了不起。」

淵看了看她，眼裡忍不住閃過一絲讚賞。畢竟是個心地澄淨的女孩，即便對別的女子滿懷敵意，對於對手依舊懷有尊敬。這樣愛恨分明的性格，和記憶中的那個人一模一樣。

看到他眼裡的笑，朱顏心裡更加不悅，嘀咕說：「怎麼，難道你真的想回去救她啊？我們現在自身難保了好嗎？」

淵卻搖了搖頭，「不，她早已不在那裡。」

「啊？不在那裡？」朱顏愣了一下，「那你去那裡幹嘛？」

淵沒有回答，闖出了戰場，只是向著星海雲庭的方向策馬疾馳。身後有驍騎軍急追而來，馬蹄噠噠，如同密集的雷聲。對方輕裝飛馳追來，漸漸追上他們所在的戰車。聽到蹄聲近在耳側，淵將韁繩扔給朱顏，再度拔劍站起。

但朱顏站起身，攔住他說：「我來！」

淵回頭看她，看到少女站在戰車上，轉身向著追來的騎兵，合起雙手。她已從戰場上初次遭遇血腥殺戮的驚駭裡漸漸平靜下來，重新凝聚起力量。那一瞬，站在戰車上的她，似乎籠罩著一層淡淡的光芒。

咒語無聲而飛快地從她的唇角滑落，伴隨著十指飛快地變幻。那一瞬間，有無數巨大灰白色藤蔓破土而出，飛快生長，瞬間成為一道屏障，纏繞住那些飛馳而來的駿馬。

「快走！」朱顏轉頭看了他一眼，「縛靈術只能撐一會兒！」

淵抓起了韁繩策馬，戰車飛馳而去，轉瞬將那些追來的騎兵甩在身後。灰白的藤蔓裡傳來驍騎軍戰士的掙扎與怒罵，他們抽出刀來砍著，那些奇怪的藤蔓卻隨砍隨長，完全無法砍斷。

「是術法！」白風麟大喊：「影戰士，上前！」

玄燦帶著影戰士上前，開始解開這些咒術。然而朱顏一共設了三重咒，那些灰白的藤蔓被砍了一層又飛快長出一層，一時半會兒竟是無法徹底破除。

得了這一瞬的空檔，他們兩人駕駛著戰車，飛速甩開追兵。

「還好我師父沒來……不然我們今天一定會死在這裡。」等到那些人都從視野裡消失，朱顏終於鬆一口氣。「謝天謝地。」

奇怪，為什麼師父今日沒有出現在戰場上？既然他已經布下天羅地網，要把復國軍一網打盡，為何只是派了軍隊去圍捕，自己卻沒有親自出手呢？難道他對驍騎軍和影戰士就這麼放心？在放鬆下來的剎那，她只覺得全身痠痛，乏力到幾乎神志飄忽——這是透支靈力的象徵。上次的傷剛剛好，自己就這樣竭盡全力和人鬥法，這一次回去只怕要比上一次臥床休息更多的時間。

然而，看到身邊的淵，她心裡又略微振作一點。

無論如何，淵還活著。

她只覺得胸口悶，下意識地抬起手，想解下臉上一直蒙著的布巾。那塊布已經沾滿鮮血，每一次呼吸都帶入濃烈的腥味，早已讓人無法忍受。可是她的手剛一動，耳邊便聽淵道：「別解下來！」

「嗯？」朱顏愣了一下，回頭看著他。

「不能讓人看到妳的臉。」淵專心致志地策馬疾馳，語氣卻凝重。「妳這丫頭，居然不管不顧地闖到戰場上做出這種事。幸虧沒被人識破，若是有人認出妳是郡主，少不得又會牽連赤之一族。」

「嗯？」她愣了一下，略微有些失望。一直以來，淵對於赤之一族的關切，似乎比對她本人還要多。此刻聽到他語氣裡的斥責，她忍不住使了小性子，憤憤道：「反正也不關你什麼事！」

「當然關我的事。」淵的手似乎微微震了一下，緩緩道：「很久以前，我答應過一個人，要替她看顧赤之一族。所以，我不能扔下妳不管。」

朱顏聽到這句話，猛然一陣氣苦，脫口而出：「就是那個曜儀嗎？」

淵聽到這句話不由得一怔，看她一眼問：「妳怎麼會知道這個名字？」

她嘀咕一聲：「還不是那天你說的。」

「哪天？」淵有些疑惑，「我從沒有對任何人提起過這個名字。」

「就是……那天啊！」朱顏想說就是她用惑心術迷惑他的那一天，但畢竟臉皮薄，臉色一紅，跺了跺腳氣沖沖地道：「反正，我知道她就是了！」

淵沒有追問，只是看了她一眼，然後將視線投向迎面而來的敵人，語氣淡漠而堅定：「那妳也應該知道，在妳誕生在這個世上之前，我的一生早已經過去了。」

朱顏猛然一震，說不出話來，只覺得胸口劇痛。

這是他不知第幾次拒絕她了，她應該早就不意外……可是，為何這一次心裡感覺到如此劇烈的疼痛？那是無力到極點的絕望，如同絕壁上的攀岩者，在攀登了千百丈之後，前不見盡頭、後不見大地，終於想要筋疲力盡地鬆開手，任憑自己墜落。

曜儀。曜儀……到底是誰？

朱顏知道現在不是說這種事的時候，然而一提起這個名字，心裡卻有無法抑制的苦澀和失落，令語聲都微微發抖起來：「她……她就是你喜歡的人嗎？你是為她變成男人的？她到底是誰？」

淵沒有說話，也沒有回答她的問題。

「她是誰？」朱顏還是忍不住追問：「很美嗎？」

「如果我告訴妳她是誰，妳就可以死心了嗎？」淵微微蹙起眉頭，扭頭看了一眼後面追來的大軍。「現在都什麼時候了，還說這些幹嘛？」

「死也要死個明白啊！」朱顏卻跳了起來，氣急敗壞。「我這一輩子還從沒有輸給過別人呢！偏偏在最重要的事情上輸了，還輸得不明不白，那怎麼行？」

「呵……」淵忍不住笑起來，轉頭看向這個惱羞成怒的少女，語氣忽然放緩下來，輕聲道：「阿顏，別胡鬧。我是看著妳長大的，就像是看著……」

說到這裡，他輕聲停頓一下，搖了搖頭。

「就像是看著她嗎？」朱顏陡然明白過來，臉色微微一變。「你……你是因為我長得像她，才對我那麼好嗎？」

她的聲音有些微的發抖，宛如被一刀扎在心口上。

「如果不是她，我們根本不會相遇。」淵控制著韁繩，在戰場上疾馳，似乎是下定什麼決心，語氣低沉而短促。「因為，如果沒有她，這個世上也就不會有妳。」

「什麼？」朱顏愣一下，沒有回過神來。

「她比妳早生了一百多年，阿顏。」淵的聲音輕柔而遙遠，眼神也變得有一瞬的恍惚。「當我還是一個試圖逃脫牢籠的奴隸，是進帝都覲見帝君的她發現奄奄一息的我，買下我並把我帶回赤王府。」

朱顏心裡一跳，心裡隱約有一種奇異的感覺。

進京覲見。赤王府。這是……

「妳想知道她是誰嗎？」淵若有所思地看著她，一字一句地補充一句話：「曜儀只是她的小字，她的真名，叫做赤珠翡麗。」

「什麼！」那一刻，朱顏忍不住全身一震，彷彿被刺一下似地跳起來，失聲道：「你說謊！怎麼可能？這……這明明是我高祖母的名字！」

淵卻笑了一笑，語氣平靜：「是的，她就是赤之一族三百年來最偉大的王，也是妳的祖輩，妳的高祖母。」

「什……什麼？」朱顏說不出話，張大嘴巴怔怔地看著淵。怎麼可能？他……他說他所愛的那個女人，居然是她的高祖母？

那麼說來……她心裡驟然一跳，不敢想下去。

「從此，我就和赤之一族結下不解之緣。」淵的聲音輕如嘆息，「上百年了……恩怨糾纏莫辨。雖然空桑人是我們的敵人，但我對她立下誓言，要守護她的血脈，直至我的靈魂回到碧落海的那一天。」

她怔怔地聽他說著，完全忘記身在戰場，只是目瞪口呆。

原來……這就是她一直以來想要的答案？她一生的勁敵，那個她永遠無法超越的女子，居然……是自己的高祖母？這個答案未免太……

淵一直沒聽到她的聲音，不由得轉過頭看她一眼。赤之一族的少女坐在戰車上，張口結舌地看著他。雖然被布巾蒙住臉，看不到表情，但那一雙大眼睛裡露出的凝固般的震驚，已將她此刻的心情顯露無遺。

淵忍不住苦笑一下，不知道該如何開口安慰她。

「這就是妳一直想知道的答案。」他輕聲道，忽然一振轡繩，策馬疾馳。

「現在，阿顏，妳滿意了嗎？」

朱顏坐在戰車上，說不出話來，似乎被這突如其來的答案驚呆了。許久，她才抬起頭，不可思議地看了看他，低聲道：「那麼說來……你喜歡的人，就是我的高祖母？」她沉默下去，雙手絞在一起，微微發抖。「那麼……你的劍術，難道也是……」

「是她教我的。」淵淡淡道：「妳也應該知道，曜儀不僅是赤王，同時是一百多年前的空桑劍聖。」

朱顏說不出話。當然，她也知道那個一百多前的赤王是傳奇般的人物，文治武功無不出色，比她厲害一百倍。她心裡宛如沸騰，沉默了片刻，忽然想起什麼，驟然抬起頭大聲道：「不對！赤珠翡麗，不，我的高祖母，她……她不是有夫君的嗎？她的丈夫明明是個空桑人啊！」

淵的眼神微微一變，嘆了口氣：「是的。在遇到我之前，她已經被許配給玄王最寵愛的小兒子。」

「果然我沒記錯！」朱顏倒吸一口氣，「那……那她是不是也逃婚了？」

「是逃了，但半路又回去。」淵搖了搖頭，「我們那時候都到了瀚海驛，她忽然又改心意。因為她是赤之一族的郡主，不能為了個人私情把整個赤族棄之不顧。她若是逃了，赤玄兩族說不定會因此開戰。」

「開戰就開戰！」朱顏憤然道：「誰怕誰？」

「孩子話！」淵看了她一眼，眼神卻嚴厲起來，斥道：「作為赤之一族的郡主、未來的赤王，豈能因一己之私，讓萬人流血？」

她呆呆地聽著，一時說不出話。

這樣的話，從淵的嘴裡說出來，竟然和當初師父說的一模一樣。他們兩個，本來是多麼截然不同的人啊……可是，為什麼說的話如此不約而同？是不是男人的心裡，永遠都把國家和族人看得比什麼都重要？

朱顏一時間百感交集，幾乎說不出話。原來，同樣的抉擇和境遇，在一百多年前就曾經有過。而那個一百多年前的女子，最終做出和她今日截然相反的抉擇。

她怔怔地問：「那……她就這樣嫁給了玄王的兒子嗎？」

「是啊。」淵淡淡說著，語氣裡聽不出悲喜。「她回去和父親談妥了條件，為了兩族面子，維持名義上的婚姻，夫妻分房而居、各不干涉，一直到十一年後她的丈夫因病去世。」

朱顏怔了怔問：「那你呢？你……你怎麼辦？」

淵淡淡答道：「我當然也跟著她返回天極風城。」

他說得淡然，朱顏心裡卻是猛然一震，知道這句話裡隱藏著多大的忍讓和犧牲。作為一個鮫人，他放棄獲得自由的機會；作為愛人，他放棄尊嚴，跟隨著她回到西荒的大漠裡，隱姓埋名地度過一生。

「我有幸遇到她，並且陪伴她一生。」淵的聲音溫柔而低沉，即便是在這樣的殺戮戰場上，也有夜風拂過琴弦的感覺。「這一生裡，雖然不能成為她的丈夫，但對我來說，這樣的一生也已經足夠。」

他的聲音低回無限，在她聽來卻如兵刃刺耳。那一瞬，她只覺得心裡的一篝火焰無聲地熄滅——從小到大，赤之一族的小郡主是個多麼勇敢無畏、充滿自信的少女，明亮如火、烈烈如火，從未對任何事情有過退縮。然而這一次，她忽然間氣餒了。

她下意識地喃喃說：「可……可是，她已經死去許多年了啊。」

「是的。」淵的神色微微一暗，「我要等很久很久，才能再見到她的轉世之身。希望到時候我還能認出她來。」

朱顏沉默了一瞬，心裡漸漸涼了下來，喃喃道：「你們鮫人，是真的一輩子只能愛一個人嗎？可是你們的一輩子，會是人類十輩子的時間。你……你會一直在輪迴裡等著她嗎？」

「嗯。」淵笑了一笑，語氣寧靜溫柔。

她坐在戰車上，握著轠繩的手顫抖一下，想了一想忽然問：「可……可是！那個花魁如意，又是你的什麼人？她……她好像也很喜歡你，對不對？你這麼在意她！你……」

「她？」淵彷彿知道她要說什麼，笑了一笑道：「她是我妹妹。」

朱顏愕然。「妹妹？」

「我們從小失散，被賣給不同的主人，直到一百多年後才相逢。」淵低聲嘆了一口氣。「也是因為她的介紹，我才加入復國軍。」

朱顏愣了一下。「什麼？她……她比你還早成為戰士嗎？」

「是的。」淵的眼神裡帶著一絲讚賞，低聲道：「如意是個了不起的女子……她領導著鮫人反抗奴役，從很早開始就是海魂川的負責人。她比我更加適合當一個戰士。」

「海魂川？」朱顏有些不解，「那是什麼？」

「是引導陸地上的鮫人逃離奴役、返回大海的祕密路線，沿途共有九個驛站。」淵搖了搖頭，並沒有說下去，只道：「如果不是如意介紹我加入復國軍，我真的不知道在曜儀去世之後，那樣漫長的餘生要如何度過。」

這是他第一次和她說起這樣的話題，讓朱顏一時間有些恍惚。這是淵的另外一面，潛藏在暗影裡，她從小到大居然一無所知。

她皺了皺眉頭，喃喃道：「那……她去世之後，既然你加入了復國軍，為什麼還一直留在赤王府？要知道西荒的氣候很不適合鮫人……」

「曜儀剛去世時，孩子還太小，外戚虎視眈眈，西荒四大部落隨時可能陷入混戰。」淵淡淡道：「所以我又留下來，幫助赤之一族平定了內亂。」

「啊？是你平定了那一場四部之亂？」朱顏愣一下，忽然明白過來。「這……這就是先代赤王賜給你免死金牌的原因嗎？」

淵不作聲地點頭，手腕收緊，戰車迅速拐一個彎，轉入另一條胡同。他低聲道：「叛亂平定後，我又留了一段時間，直到孩子長大成人，成為合格的王。那時候我想離開西荒，可是長老們並不同意。他們希望我留在天極風城。」

朱顏有些茫然地問：「為什麼？」

「怎麼，妳不明白嗎？」淵的嘴角微微彎起，露出一絲鋒利的笑容，轉頭看著身側的懵懂少女，一字一頓：「因為，這樣就可以繼續留在敵人的心臟，接觸到空桑六部最機密的情報啊。」

朱顏一震，如同被匕首扎了一下，痛得倒吸一口氣，怔怔地看著身側的男子，說不出一句話來。

「唉……阿顏。」看到她這樣呆呆的表情，淵忍不住抬起手摸了摸她的面頰，苦笑著搖頭。「妳看，妳非要逼得我把這些話都說出來，才肯死心。」

她顫慄一下，情不自禁往後閃躲一下，避開他的手指。鮫人的皮膚是一貫的涼，在她此刻的感覺裡，卻彷彿是冰一樣的寒冷。她用陌生的眼光直直看著淵，沉默了片刻才道：「原來你一直留在隱廬裡，是為了這個？」

「最初是這樣。」淵收回了手，嘆息一聲，讓戰車拐過一個彎道。「但是十年前，左權使潮生在一次戰鬥裡犧牲了，長老們商議後，想讓我接替他，回到鏡湖大營去。」

朱顏下意識地問：「那你為什麼沒有回去？」

淵看了她一眼說：「因為那時候妳病了。」

朱顏一震，忽然間想起來──是的，那時候父王帶著母妃去帝都覲見帝君，而她偏偏在那時候罹患被稱為「死神鐮刀」的紅藫熱病，病勢凶猛，高燒不退，在昏迷中一天天地熬著，日日夜夜在生死邊緣掙扎。

而在病榻前握住她小小的手的，只有淵一個人。

他伴隨孤獨的孩子度過生平第一次大劫，當她從鬼門關返回，虛弱地睜開眼睛，就看到燈下那一雙湛碧如大海的雙眸。那時，她哭著抱住淵的脖子，讓他發誓永遠不離開自己。鮫人安撫著還沒脫離危險的孩童，一遍遍重複著不離開的誓言，直到她安下心來，再度筋疲力盡地昏睡過去。

想到這裡，眼眶忽然間紅了。她吸了吸鼻子，忍住酸楚，訥訥道：「所以……你繼續留下來，是為了我嗎？」

淵看著她，眼神溫柔。「是的，為了我的小阿顏。」

她嘀咕一句：「可後來……為啥你又扔下我走了？」

「那是不得已。」淵的眼神嚴肅起來，語氣也凝重。「我忘記人世的時間過去得非常迅速，一轉眼我的小阿顏已經長大，心裡有了別的想法——我把妳當作我的孩子，可是妳不把我當作妳的父輩。」

「父輩？開什麼玩笑！」朱顏忿然作色，忽然間不知想起什麼，露出目瞪口呆的神情，定定地看著他，嘴唇翕動幾下。「天啊……天啊！」

「怎麼？」淵此刻已經駕著戰車逼近群玉坊，遠遠看到前面有路障和士兵，顧不得分心看她。然而朱顏彷彿被蜇了似地跳起來，看著他，嘴唇微微顫抖，彷彿發現什麼重大的祕密，顫聲道：「原來是這樣！天啊……淵！我、我難道……真是你的後裔嗎？」

這一次，淵終於轉過頭看了她一眼問：「什麼？」

「我……我是你的子孫嗎？」少女坐在戰車上，看著這個已經活了兩百多年的鮫人，臉色發白。「你說我的高祖母是你的情人！你說她和丈夫只是維持形式上的婚姻！那麼，她、她生下來的孩子，難道是你的……」

淵沒有說話，只是看了她一眼，欲言又止。

朱顏恍然大悟，頹然坐回車上，捧住自己的頭，脫口道：「所以，這就是你把我當孩子看的原因？天啊！原來……你、你真的是我的高祖父嗎？天啊！」

她的心潮起伏、思緒混亂，一時間說不出一句話。

多麼可笑！她竟然愛上自己的高祖父？那個在一百多年間凝視和守護著赤之一族血脈的人，那個陪伴她長大、比父親還溫柔呵護她的人，竟然是自己血脈的起點和來源。

這交錯的時光和紊亂的愛戀，簡直令人匪夷所思。

她在車上呆呆地出神，不知不覺已經接近了群玉坊。這裡是葉城繁華的街區，雖然天剛濛濛亮，街上卻已陸續有行人。在這樣的地方，一輛戰車貿然闖上大街，顯然是非常刺眼，立刻引起巡邏士兵的關注。

淵當機立斷地在拐角處勒住馬，低喝：「下車！」

朱顏的腦子一片空白，就這樣被他拉扯著下了戰車。淵拉著她轉到一個僻靜無人的街角，指著前面的路口道：「好，到這裡就安全了。趁著現在人還不多，妳馬上回去吧。」

「啊？」她愣了一下，思維有些遲鈍。

「天亮之前，馬上回赤王府的行宮去。」淵咳嗽著，一字一句叮囑：「記住，永遠不要讓人知道妳今天晚上出來過，不要給赤之一族惹來任何麻煩。忘記我，從此不要和鮫人、和復國軍扯上任何關係。」

「可是……你怎麼辦？我師父還在追殺你。」她的聲音微微發抖，「你、你打不過師父的！」

「戰死沙場，其實反而是最好的歸宿。」淵的聲音平靜，神色凝重地對她說了這一番話，似是最後的告別。「阿顏，我和妳的師父為了各自的族人和國家而戰，相互之間從不用手下留情，也不用別人來插手。哪怕有一天我殺了他，或者他殺了我，也都是作為一個戰士應得的結局，無須介懷。」

朱顏說不出話來，眼裡漸漸有淚水凝結。

「再見了，我的小阿顏。」淵抬起手指，抹去她眼角的淚水，聲音忽然恢復她童年時的那種溫柔。「妳已經長大了，變得這樣厲害。答應我，好好地生活，將來要成為了不起的人，過了不起的一生。」

「嗯！」她怔怔地點頭，眼裡的淚水一顆接著一顆落下，忽然間上前一步扯住他的衣服，哽咽道：「淵！我……我還有一個問題！」

淵放下手，原本已經轉身打算要走，此刻不由得回過頭來看著她。「怎麼？」

她愣愣看著他開口：「你……你真的是我的高祖父嗎？」

淵垂下眼睛，似乎猶豫了一瞬，反問：「如果我說『是』，妳會不會更容易放下一點？」朱顏不知道該搖頭還是該點頭，淵卻是搖了搖頭。「不，我不是妳的高祖父。我和曜儀沒有孩子。鮫人和人類生下孩子的概率並不大，即便生下孩子，孩子也會保有鮫人一族的明顯特徵。妳不是我的後裔，曜儀的孩子是從赤之一族的同宗那裡過繼來的。」

「啊……真、真的？我真的不是你的孩子？」她長長鬆一口氣，嘴角抽動一下，不知道該哭還是該笑。

淵看著她複雜的表情，嘆了口氣，拍了拍她的肩膀。「不過，我看著妳長大，對妳的感情卻是和對自己的孩子一般無二。」

她只覺得恍惚，心裡乍喜乍悲，一時沒有回答。

淵輕輕拍了拍她，嘆了口氣，虛弱地咳嗽著。「所有事情都說清楚了……再見，我的小阿顏。」

他的眼眸還是一如童年時溫柔，一身戎裝卻濺滿鮮血。刺目的鮮紅，提醒她一切早已不是當年。他最後一次俯身抱了抱她，便撐著力戰後近乎虛脫的身體，緩步離開。她還想叫住他，卻知道再也沒有什麼理由令他留下。

淵鬆開手，轉身消失在街角。

那一刻，她忽然有一種強烈的預感，覺得這可能是自己一生中最後一次看到他。這個陪伴她長大的溫柔男子，即將永遠、永遠地消失在她的生命裡，如同一尾游回大海的魚，再也不會回來。

「淵！」她脫口而出，忍不住追了過去。

他從戰場上調頭返回，策馬衝破重圍來到這裡，難道只是為了送她回家？

那麼，他……他自己又該怎麼辦？此刻他們剛闖出重圍，都已經筋疲力盡，萬一遇到驍騎軍搜捕，他又該怎麼脫身？

她放心不下地追了上去，淵卻消失在星海雲庭的深處。

這一家最鼎盛的青樓在遭遇了前段時間的騷亂後，被官府下令查封，即便是華洛夫人和總督私交甚厚，苦苦哀求他也無濟於事。此刻，在清晨的濛濛天光裡，這一座貼滿封條的華麗高樓，寂靜得如同一座墓地。

朱顏跑進星海雲庭，卻四處都找不到淵。

風從外面吹來，滿院的封條簌簌而動，一時間，朱顏有些茫然地站住腳四顧。那一刻，她忽然福至心靈，想起地底密室裡的那一條密道——對了，淵之所以回到這裡，並不是自投羅網，應該是想從那條密道脫身吧。

朱顏站了片刻，心裡漸漸冷靜下來，垂下頭思索良久，嘆了一口氣，沒有繼續追過去，只是在清晨的天光裡轉過身。是的，淵已經離開了，追也追不上。而且，即便是追上，她又該說些什麼呢？

他們之間的緣分久遠而漫長，到了今日也該結束。

一併消失的，或許是她懵懂單戀的少女時光。

清晨冰涼的風溫柔地掠過耳際，撥動她的長髮，讓她有一種如夢初醒的感覺。她想，她應該記住今天這個日子，因為即便在久遠的以後回憶起來，這一天也將會是她人生裡意味深長的轉捩點。十九歲的她，終於將一件多年來放不下的事情放下，終於將一個多年來記掛的人割捨。

然而，當她剛滿懷失落和愁緒，筋疲力盡地躍上牆頭，眼角的餘光忽然瞥見有什麼東西在遠處動了一動。朱顏在牆上站住腳，忍不住回頭看一眼。

什麼都沒有，只有一隻覓食的小鳥飛過。整個星海雲庭已經人去樓空，彷彿死去一樣寂靜。

是錯覺吧？她搖了搖頭，準備躍下高牆獨自離去。然而，心裡總是隱約覺得有什麼不對勁，「咯噔」了一下，彷彿一道冷電閃過。她倏地回頭看過去——那隻小鳥，居然還在片刻前看到的地方，保持著凌空展翅飛翔的姿勢，一動不動。

那居然是幻境！她所看到的，只是一個幻境？

風在吹，但是畫面中的飛鳥一動也不動，連庭院裡的花木都不曾搖曳分毫。整個星海雲庭上空有一層淡淡的薄霧籠罩，似有若無，肉眼幾乎不可見。

朱顏心裡大吃一驚，足尖一點，整個人在牆上凌空轉身，朝著星海雲庭的深處飛奔過去。

是的，那是一個結界！

居然有一個肉眼幾乎無法分辨的結界，在她眼前無聲無息展開，擴散籠罩下來。這……似乎是可以隔絕一切的「一葉結界」？

「淵……淵！」她失聲驚呼，心裡有不祥的預感。

然而，不等她推開星海雲庭的大門，虛空裡忽然一頭撞到什麼，整個人踉蹌往後飛出，幾乎跌倒在地，只覺得遍體生寒，如同萬千根鋼針刺骨——在這個「一葉結界」之外，居然還籠罩了可以擊退一切的「霜刃」！

朱顏一顆心沉到了底，她在地上掙扎一下，用盡力氣才站起身，飛身躍上星海雲庭的牆頭，在半空中雙手默默交錯，結了一個印，準備破開眼前的重重結界。

然而，就在那一刻，眼前祥和凝定的畫面忽然動了。星海雲庭的庭院深處有什麼一閃而過，炫目得如同旭日初升。

這是……她心裡猛然一驚，還沒來得及做出任何反應。那一瞬間，只見一道雪亮的光芒從星海雲庭的地底升起，伴隨著轟然巨響，如同巨大的日輪從地底綻放而出。那一道光迅速擴展開來，摧枯拉朽般地將華麗高樓摧毀，地上瞬間出現一個深不見底的大洞。

那一刻，朱顏被震得立足不穩，從牆上摔下去。

她狼狽地跌落在地上，顧不得多想，朝著那道光芒的來源飛奔過去，不祥的預感令她心膽俱裂。她飛快地起手下劈，破開了結界。雖有萬千霜刃刺穿她的身體，但她渾然不顧，只是往裡硬闖。

「淵……淵！」她撕心裂肺地大喊：「你在哪裡？快出來！」

然而，沒有一絲聲音回答她。

身旁的轟鳴和震動還在不停繼續，一道一道如同閃電撕裂天幕。那是強大的靈力和殺意在交鋒，風裡充斥著熟悉的力量。

「淵！」她站在被摧毀的樓前，心飛速地冷下去，來不及想什麼，縱身一躍，便朝著地下那個深不見底的大洞裡跳下去。

光芒的來源，果然是星海雲庭的地底密室。

她飛身躍入，直墜到底。

足底一涼，竟是踏入一窪水中。這……是地下的泉脈被斬斷了嗎？朱顏顧不得驚駭，只是呼喊著淵的名字，舉目四顧。然而一抬頭，映入眼簾的便是一襲熟悉的白袍，廣袖疏襟，無風自動。那個人凌空俯視著她，眼眸冷如星辰，彷彿冰雕雪塑，並非血肉之軀。

那一瞬間，她的呼喚凝在咽喉，只覺得全身的血液都冰冷下來。

「還真是……非要闖進來嗎？」那個人凝視著她，用熟悉的聲音淡淡地說。「千阻萬攔，竟是怎麼也擋不住妳。」

她抬起頭，失聲喚道：「師……師父？」

那個沒有出現在戰場上的九嶷大神官時影，此刻終於在此地出現。他白衣獵獵地站在虛空中，俯視著站在淺淺一灣水中的弟子，語氣無喜也無怒。

「只可惜妳來晚了，一切已經結束。」

他袍袖一拂，「唰」地指向大地深處——

「我已經把他殺了。」

朱顏循著他的手看過去，忽然間全身劇烈地發起抖來。

時影凌空站在那裡，衣袂翻湧如雲，右手平伸，指尖併攏，透出一道光，彷彿握著一擊可以洞穿泉脈的利劍——那是天誅的收手式。

而光之劍的另一端，插入了另一個人的胸口，直接擊碎對方的心臟。

「淵！」她只看了一眼，便心膽俱裂。

是的，那是淵！是僅僅片刻前才與她分離的淵！

「淵……淵！」她撕心裂肺地大喊，朝著那個方向奔去。

淵沒有回答她。他被那一擊釘在虛空裡，巨大的傷口不停湧出血。這是致命的一擊，一切在她到來之前便已結束。在她徘徊著做出決定，準備放棄深愛多年的那個人的瞬間，他，已經死在了地底。

「叛軍的首領，復國軍的左權使，止淵。」時影的聲音冰冷而平靜，平平地一字一字吐出嘴唇，似乎在對她宣告著什麼。「於今日伏誅。」

那樣的話，刺耳得如同扎入心口的匕首，朱顏的眼眸一瞬間變成血紅色，猛然抬起頭，惡狠狠地看著自己的師父。那一瞬間，她身上爆發出狂烈的憤怒，充滿肅殺的力量，幾乎是失聲大喊：「該死的！快……快給我放開他！」

時影低頭，只是面無表情地看著她，眸子幾乎是凝結的。在她幾乎要衝過來動手攻擊的瞬間，他動了一動，將虛無的劍從淵的胸口拔出來，淡淡應一聲：「好。」

劍光一收，鮫人凌空而落，藍髮在風裡如同旗幟飛揚。

「淵！」朱顏撕心裂肺地大喊，迎上前去，想要抱住凌空跌落的人。然而，在她的手接觸到淵之前，時影的眉梢微微抬了一下，手腕一動，往裡瞬間便是一收，一股力量憑空捲來，「唰」的一聲將跌落的人從她的手裡奪了過去。

淵直接墜落在水底，全身的血瀰漫開來，如同沉睡。

朱顏怔怔站在地底的水裡，看著空空的雙手，又抬起頭看著虛空裡的人，一時間眼裡充滿震驚，不敢置信。

……怎麼會這樣？只是一轉眼，怎麼就成了這樣？

她……她不會是出現幻覺了吧？這一切怎麼會是真的？

「怎麼，妳很吃驚在這裡看到我嗎？」時影冷淡地與她對視，不徐不緩地開口：「真是愚蠢……早在擒住如意的時候，我就已經讀取她的內心，得知這裡是海魂川的其中一站。呵，那些鮫人想得太簡單了，以為拚死不開口就能不招供嗎？」

朱顏震了一下，喃喃道：「所以，你……」

「所以我在所有入湖入海口布置了結界，安排了重兵，然後，就在這裡等著。」他的聲音冰冷，「如果無法突破驍騎軍的圍剿，他一定會反向突圍，回到這裡從海魂川返回——多麼簡單的道理。」時影的語氣平靜而冷酷。「我在這裡等你們很久了……強弩之末不可穿魯縞，這次我只用了不到十招，就把他擊殺。」

朱顏說不出話來，只是渾身發抖。

她只覺得全身的血都是冰冷的，牙齒無法控制地打著哆嗦，將每一句話都敲碎在舌尖上，一個字都說不出來。

「上一次我沒真的殺掉他，但這一次，是真的了——我是個說到做到的人，不是嗎？」時影低下頭靜靜看著她的表情，一抹奇怪的冷笑從唇邊泛起，幾乎帶著惡意，用一種近乎耳語的聲音問：「現在，妳是不是真的該來替他復仇了？」

「住口！」朱顏再也聽不下去，失控地大喊：「我要殺了你！」

「很好。」時影冷冷笑了一聲，在虛空裡張開雙手，瞬間有一柄長劍在他雙手之間重新凝聚。他在虛空中俯身看著她，聲音低而冷：「我說過，如果有一天我們在戰場上重逢，我絕對不會手下留情。」

「唰」的一聲，他調轉手腕，長劍下指。瞬間，凌厲的殺氣撲面而來，將她滿頭的長髮獵獵吹起，如厲風割面。「妳知道我說到做到！」

「該死的渾蛋！你居然……居然殺了淵！」朱顏氣到了極點，只覺得怒意如同烈火在胸口熊熊燃燒，幾乎將神志都焚為灰燼。這一刻，她完全顧不得害怕，瞬間凌空躍起，雙手在胸口交錯，一個咒術劈了下去。

氣急之下，她一出手就是最猛烈的攻擊咒術，然而他手指只是一動，便輕輕鬆鬆化解她的攻擊。

「落日箭？倒是有進步。」時影瞬間定住她的攻擊，微微皺了皺眉頭，冷冷道：「但是想殺了我為他報仇，卻還遠遠不夠。」

語畢，他的雙手在胸口瞬地張開，十指尖上驟然綻放耀眼的光華。

落日箭！他用的，居然是和她一模一樣的術法？

朱顏心裡驚駭萬分，只看到兩道光芒呼嘯而來，在空中對撞。她的落日箭被師父折斷，激蕩的氣流反射而來，「唰」的一聲，額頭一痛，束髮玉帶「啪」地斷裂，一道血跡從頭頂流下來。幸虧她及時側一下頭，若是慢得片刻，頭顱就要被洞穿。

「看到了嗎？」他語氣冷淡，「這才是落日箭。」

「去死吧！」朱顏狂怒地厲喝，向他重新撲過去。她不顧一切地進攻，暴風驟雨一般用盡所有最厲害的術法，然而，無論她用哪一種，他都在瞬間使用同樣的術法反擊過來。

光芒和光芒在空中對撞，力量和力量在虛空裡消弭，綿延的巨響在空中轟鳴，震得整片廢墟都顫慄不已。

朱顏在狂怒之下拚盡全力攻擊，一瞬間就將所有會的術法都用過一遍。他卻看也沒有看她一眼，信手揮灑，轉眼便用同樣的術法將她的攻擊都逐一給反擊回去。

追風對追風，逐電對逐電，落日箭對落日箭。

一道道光芒交錯，如同雷霆交擊。師徒兩人在星海雲庭的廢墟上對戰，一招一式竟然都完全一樣。然而，時影的速度和力量顯然在她之上，她越是竭盡全力攻擊，從師父手裡反擊回來的力量越大，到最後，她再也站不住，被逼得往後急退，踉蹌落地後一連嘔出了幾口血。

她低頭看著死去的淵，瞬間痛徹心扉。是的，她……還是太弱了，連替淵報仇都無能為力。她為什麼會這麼弱、這麼沒用？

「真沒用。」等她的最後一個術法結束，時影看著她，冷冷開口：「一流的術法在妳手上用出來只能淪為三流。這是我最後一次為妳演示了，要是再學不會，只能等來世去學吧。看好了。」

一語未落，他手腕翻轉，十指下扣，食指在眉心交錯。那一瞬，十道光華交錯，如同錐子，在最下端凝聚成一道，轟然迎頭下擊。

天誅！朱顏一震，臉色倏地刷白。

她當然知道這種術法在他手裡施展出來的可怖，她如果不拿出全身的本事，只怕不但不能為淵報仇，還要在這裡送命。

「渾蛋！」心中的憤怒和不甘，如同烈火一樣直衝上來。她從背後刀鞘裡拔出斷了的刀，急速刺過去。刀上注入強大的靈力，如同火焰烈烈燃燒——同樣是一招天誅，她借助兵器使出來，卻有不同於術法的凌厲。

今日就算是把命送在這裡，也要和他拚個你死我活！他可別想這麼容易就把她給打發了！

當雙方身形在空中交錯的那一瞬間，朱顏只覺得刀鋒一震，幾乎脫手，用盡全部力氣才死死握住。空氣裡兩股力量交鋒，轟然而鳴，竟然是相持不下。

太好了，她、她居然抵抗住師父天誅的這一擊？

朱顏心下大喜，身形落地，不等站穩就「唰」地回轉。然而剛一回頭，她看到不遠處時影也剛剛落地，手指再度在眉心合攏，眼神凌厲無比。

不好！師父要再度施展天誅！

生死一線，她必須要比他更快，慢一瞬就要被轟為齏粉。

她想也不想，瞬間回過刀，凝聚起所有力量，發動第二次天誅。兩人縱身而上，身影第二次在空中交錯。
她竭盡全力，只聽「唰」的一聲，刀光如同匹練，在半空中橫掠而過。那一瞬，她橫斜的刀鋒上竟然感受到切入血肉的滯重，手腕一痛，刀子脫手飛出。
什麼？中……中了嗎？還是她的刀被震飛了？
朱顏落地後，第一時間震驚地回過頭，發現時影竟被自己那一刀逼得急退，如同斷線的風箏一樣往後飛出，後背重重撞上廢墟裡的一堵斷牆。
而她的斷刀，就這樣直接插入虛空中那個人的胸口。
不可能！那一刻，她的腦海一片空白，全身發抖，竟不知是喜是怒。而對面那個人正凝視著她，雙手懸停在眉心，指間蓄勢待發的光芒還在凝聚，卻沒有絲毫釋放的意圖——既不攻擊，也不格擋。
剛才兩人交錯而過的那一刻，他竟然忽地收住天誅的力量，任憑她那一刀貫穿自己的胸口，毫無抵抗。
怎麼……怎麼會是這樣？
朱顏一刀得手，卻幾乎驚得呆住了，半晌沒有動，仰頭看著那一擊擊中的目標，目瞪口呆，不可思議。天誅……他的天誅呢？為什麼沒有發動？她作夢了嗎？

直到虛空裡有鮮血一滴滴落下，落在她的臉上。

那是殷紅、灼熱的血。

不……這不是作夢！竟然不是作夢！

「師……師父？」她試探著問了一句，唇角顫動。然而，虛空裡的人沒有回答，依然只是看著她，眼眸裡有無法形容的神色。她的那柄刀，深深刺入他的心口，透體而出，將他釘在背後的牆上。

不！不可能！她、她怎麼可能真的殺了師父？那個神一樣的人，怎麼會被她這樣隨隨便便的一擊就打中？她……她一定是在作夢吧？

在這樣一個血戰歸來、筋疲力盡的清晨，一切都轉折得太快，快得簡直像是瞬息的夢境。朱顏顫慄一下，終於小心翼翼地抬起手，碰觸那一柄刺入胸口的斷刃，冰冷的、鋒利的，刀口上染滿鮮血——滾燙的鮮血！

那一瞬，她被燙著了一樣驚呼起來，彷彿從夢境裡醒來，不敢相信地看著他，眼眸滿是恐懼和震驚。

「師父……你……」

他、他為什麼要在最後關頭撤掉天誅？他……他想做什麼？

「很好，妳真的殺了我。」時影垂下頭，定定地凝視著她，語氣依舊平靜，抓住她的手，按在滿是鮮血的心口。「妳也說到做到……咳咳，不愧……不愧是我的弟子。」

鮮血不停從她手指間流下，漸漸將她的雙手、衣袖、衣襟染成一片可怖的血紅，朱顏在這樣的情境下幾乎發瘋。

「師父……師父！」她拚命地大喊起來，想把手抽回來。然而，他不肯放了她，就這樣抓住她滿是鮮血的手，看著她拚命掙扎，眼裡是她不能理解的灰冷如刀鋒的笑意。她全身發抖，頭腦一片空白，師父……師父他到底在做什麼？這……這是怎麼回事？

「阿顏……妳不明白嗎？」他看著弟子茫然不解的表情，拍了拍她的肩膀，眼睛裡忽然泛起奇特的笑意。「這是結束。一如預言。」

她腦子有些僵硬，訥訥問道：「什……什麼預言？」

「當我剛生下來不久，大司命便說，我……咳咳，我將來會死於一個女子之手……」他述說著影響他一生的讖語，聲音卻平靜。「我必須在十八歲之前足不出谷，不見這世上的任何女子；若是見到了，便要立刻殺掉她。」

她一驚，下意識地脫口而出：「可……可是，你並沒有殺我啊！」

是的，他沒有殺她。在十年之前，第一次見到她時，那個在帝王谷裡孤獨修行的少年，應該尚未滿十八歲，卻出手救了那個闖入的小女孩。

「是的，那一天，我本該殺了妳。」他疲倦地笑一下，搖了搖頭。「不知道為什麼，居然沒有把妳送去餵重明。」

朱顏全身漸漸顫抖。「你、你當時……為什麼沒殺我？」

時影凝望著她，淡淡道：「因為從第一眼開始，我就很喜歡妳。」

他的語氣很平靜，似乎在說一件很久以前她就該知道的事情。然而，那樣簡短的話裡有一股灼燒的力量，每一個字入耳，就令她顫慄一下，如遇雷擊，陡然往後退一步，震驚地睜大眼睛。「什……什麼！」

「我很喜歡妳，阿顏……雖然妳一直那麼怕我。」垂死的大神官凝視著自己的弟子，忽然間微弱不可聞地嘆了口氣：「這句話，我原本以為這一輩子都不可能告訴妳……這本該是埋在心底帶進墳墓的。」

朱顏說不出話來，只是劇烈地發抖，滿心不可思議。

「在妳十三歲那年，我把母后留下的簪子送給妳。」他的聲音是平靜的，「妳大概不知道，這原本是歷代空桑帝君迎娶未來皇后時的聘禮。」

那樣的話，字字句句，都灼燒著她的心。

「那一年，妳從蒼梧之淵救了我……我說過，將來一定會還妳這條命。」他看著她，微微笑了一下，輕聲道：「知道嗎？我說的『將來』，就是指今日。」

她猛然一震，連指尖都發起抖來。

「所以，大司命的預言是對的，從第一次見面的時候開始，我的一生就已經注定了。」他的聲音平靜，終於鬆開她的手，反手一把將那把透胸而過的斷刀拔出來，扔到地上。「預言者死於讖語，是定數。」

那一刻，他從斷牆上頹然落下，幾乎站不住。

「師父！」朱顏撲過去扶住他，失聲叫了起來。「不……不是這樣的！方才……方才明明是你自己不躲開！你……你為什麼不躲開？」

是的，如果他相信這個預言，為什麼當時不殺了她？如果他不信這個預言，為什麼在此刻卻要做出這樣的事情？

這是一個悖論。他，是自己選擇了讓這個讖語應驗！

「為什麼我要躲開？」他的語氣裡漸漸透出一種虛弱，血從他身體裡洶湧而出，一分分帶走生命的氣息。時影緩緩搖著頭說：「妳喜歡的是別人……妳既然發誓要為他報仇，我就讓妳早點如願以償——這也是我能為妳做的最後一件事，不是嗎？」

他的聲音平靜而優美，如同水滴滑過平滑鋒利的刀刃，朱顏卻只聽得全身發抖，喑啞地嘶喊：「不……不！一切明明可以不這樣！你可以不殺淵！你可以放他走！你……你明明可以不這麼做！」

「怎麼可能？」時影垂下眼眸，看著絕望的少女嘆息。「我是九嶷的大神官，空桑帝君的嫡長子……怎能任憑空桑未來的亡國之難在我眼前開始，坐視不管？無論那個人是誰，我都必須要殺。」

朱顏說不出話，只有咬著牙，猛烈地發抖。

「這是沒有選擇的，阿顏。」他低聲道：「從一開始，所有的一切都已經是注定好的，沒有其他選擇。」

「就算是這樣！就算其他一切都沒法改變！可是……可是……」她顫抖著，鬆開牙關，努力想要說出下面的話，卻再也控制不住自己，驟然爆發出一聲哭喊。「可是剛才，你明明可以擋開我那一刀的啊！」

她抓住他的衣襟，拚命推搡著他，爆發似地哭了起來。

「渾蛋！剛才……剛才你為什麼不擋？為什麼？你明明可以擋開的！」

他看著崩潰的她，眼眸裡忽然有微弱的笑意。

「妳很希望我能擋開嗎？」時影輕聲問，低頭看著她，語聲裡居然有從未有過的溫柔。他嘆息問道：「我死了，妳會很難過嗎？會……會比那個人死了更難過嗎？」

朱顏說不出話來，全身發抖。

他低聲問：「如果妳事先知道，我和他之間必須有一個人要死的話，妳會希望誰死呢？」

「我……我……」她震了一下，再也忍不住地放聲大哭起來，覺得一生之中從未有過此刻的無助和絕望。「不！你們都不要死！我……我自己死了就好！」

是的，為什麼死的不是她呢？

當人生中這樣不可承受的痛苦壓頂而來時，她只希望死去的是自己，而非眼睜睜看著所愛的人在身側一個接著一個離去。

「你……你不知道，我已經不喜歡淵了！」她全身發著抖，喃喃說道。「就在剛才……我剛剛把他放下了！可是……可是你為什麼轉頭就把他殺了？」她握著他的衣襟，哭得全身發抖。「為什麼？」

「是嗎？」時影的眼裡顯然也有一絲意外，忽地嘆息。「或許，這就是命運吧？是早就已經寫在星辰上、無可改變的命運。」他抬起頭，看了一眼灰冷的天空，忽然道：「不過，我願親手終結這樣的命運，讓妳早日報完仇，從此解脫。」

解脫？朱顏愣了一下——是的，他說得沒錯。若不是這樣，那麼眼睜睜看著淵被殺之後，她的餘生裡只會充滿仇恨，日日夜夜想著復仇，卻又被師徒恩情牽絆，硬生生地將心撕扯成兩半。

他如果不死，她餘下的人生只會生活在地獄般的漫長煎熬裡。

他又怎能眼睜睜看著她有這樣的結局？

「原本，我至少是不想讓妳親眼看到他的死，所以我才在星海雲庭之外設置了重重結界。」時影微弱地苦笑起來，「但是，妳終究還是闖進來了，看到我最不想讓妳看到的一幕。」

他染血的指尖掠過她的髮梢，低聲嘆息：「那一刻，我看到妳的眼神，就知道一切都無法挽回……最好的結局，也只能是現在這樣。我已經從頭到尾仔細想過很多遍，沒有別的方法可以解決。既然我必須殺那個人，那麼，只有等妳殺了我，一切才算是有個了斷。」時影的聲音輕而飄忽，漸漸低微下去。「現在，我們之間兩清了……阿顏，妳還恨我嗎？」

「我……我……」她哭得說不出話，緊握的拳頭卻已經緩緩鬆開。急轉直下的情況，如同一盆冷水迎頭澆滅復仇的熊熊火焰。這一刻，她心裡只有絕望和悲傷，再也沒有片刻前的狂怒和憎恨。

是的，淵死了，師父也死了，這一切都結束了。

可是，她……她又該怎麼辦？

「好，不要哭了……妳還小，我希望妳能早點忘記這一切。」時影嘆了口氣，勉力抬起手，將一物插入她的秀髮裡。「來，這個給妳，就當留個念想吧。」

朱顏知道那是玉骨，忍不住放聲大哭起來。怎麼可能呢？他們兩個人都在她眼前死去了，事到如今，她又怎麼可能忘記這一切。

她哭得撕心裂肺，聽得他忍不住微微蹙眉，虛弱地嘆一口氣：「阿顏……不要哭了。妳說得沒錯，這都是我自己選的，一點也不怪妳……別哭了。」

然而，這一次她沒有聽他的話，反而無法控制地哭得更加厲害。他眼神開始渙散，又勉強凝聚，心疼地喃喃道：「好……別哭了，別哭了。」

他低低地說著，用沾著血的手指輕撫她的頭髮，試圖平息她的哭泣，然而她全身顫抖，在他懷裡哭得更加崩潰。

「別哭了！」在生命之火從身體裡熄滅的最後剎那，他眼裡露出痛苦的神色，忽然低下頭，吻住她顫抖的嘴唇，硬生生將她的哭聲止住。

他的嘴唇冰冷，幾乎有玉石的質感，不像是一個有血有肉的活人。朱顏在那一瞬間全身發抖，哽咽著幾乎不能說話。她不敢抬頭看他，只是下意識地緊緊抓著他的袖子，身體不停顫慄，幾乎連站也站不住。

「阿顏……」他的氣息縈繞在臉頰邊，微弱而溫暖，如此貼近，他的聲音也輕如嘆息。「不要哭了。」

她只覺得呼吸都停止了，一瞬間忘了哭泣，就這樣睜著眼睛看著他逐漸失去神采的雙眸。那雙眼睛裡，有著她畢生都未曾看到過的複雜神情。那不再是九嶷山的大神官，也不再是嚴厲的師長，更不是空桑天下的繼承人——

那是在生命的盡頭才能第一次看到的，真實的他。

「別哭，這、這真的是最好的結局了……」時影的聲音低沉，緩緩道：「妳看，我終於做完我該做的事——為空桑斬除亡國的禍患，而妳……也終於做完妳該做的事——為他報仇。我們之間有恩報恩、有怨報怨，這一世……兩不相欠。等來世……」

他輕聲說著，眼眸漸漸黯淡下去，語音也慢慢低微。

等來世什麼？來世再見，還是永不相見？

那一刻，朱顏的腦子昏昏沉沉，茫然想著這個問題，直到再也聽不到下面的答案，直到懷裡的人猛然一沉、往後倒去，她才忽然驚醒過來。

「師父！」她整顆心也往下猛然一沉，脫口喊道：「不要！」

當她伸出手抱住那個驟然倒下的人時，懷裡的那一雙眼睛已經閉上，再也沒有一絲光亮。任憑她低下頭，用力地搖晃著他，他仍一動也不動。

「師父！」她撕心裂肺地大喊：「不要扔下我！」

他在她懷裡，並沒有回答。他永遠都不會離開，卻也永遠都不會回來……

那個在她八歲時就牽起她的手，承諾過永不離開的人，最終還是留下她一個人在這個世界上，自己獨自走向遠方。

他的面容平靜而蒼白，就如此刻已經微亮，卻沒有日出的早晨一樣。

（未完待續）

國家圖書館出版品預行編目資料

朱顏/滄月作. -- 初版. -- 臺北市：臺灣角川股份有限公司, 2021.09-
面； 公分

ISBN 978-986-524-755-3(第1冊：平裝). --
ISBN 978-986-524-756-0(第2冊：平裝)

857.7 110011704

Kadokawa Fantastic Novels DX

朱顏 貳

（原著名：朱顏）

2021年9月27日　初版第1刷發行

作　　者：滄月
封面插圖：容鏡
封面題字：廖學隆

發 行 人：岩崎剛人
總 編 輯：蔡佩芬
編　　輯：溫佩蓉
美術設計：吳佳昫
印　　務：李明修（主任）、張加恩（主任）、張凱棋

發 行 所：台灣角川股份有限公司
地　　址：104台北市中山區松江路223號3樓
電　　話：（02）2515-3000
傳　　真：（02）2515-0033
網　　址：www.kadokawa.com.tw
劃撥帳戶：台灣角川股份有限公司
劃撥帳號：19487412
法律顧問：有澤法律事務所
製　　版：巨茂科技印刷有限公司
ISBN：978-986-524-756-0